朝1分、人生を変える小さな習慣

リュ・ハンビン
小笠原藤子 訳

文響社

頑張りすぎてしまうあなたへ
真面目すぎて不器用な私の
人生を変えた習慣を捧げます

はじめに

朝1分、幸せを発見する時間

近所の公園で浴びる陽射しでも心は満ちる

今年の初め、インドネシアへ一人旅をした。

よく知られたバリ島の隣にギリ・トラワンガン（Gili Trawangan）という小さな島がある。この島へは車両での通行が禁じられていて、自転車か徒歩でしか訪れることができない。ここに滞在した数日間、昼は泳いだり潜ったり、グルメ店を探し歩いたりして楽しみ、夜は島の西側へジョギングするのがお決まりだった。

実は私だけでなく、ここに住む多くの島民も、こぞって同じ時間に自転車で島の西側へ急いだ。まるで大型連休の大移動を見るような光景だった。

申し合わせたかのように決まった時刻に集まった人々は、一斉に水平線を眺める。

その時間、空と海の境界には夕日が沈みかけていた。

写真ではとても収めきれない、筆舌に尽くし難い景色だ。思考も動作も止まり、夕焼けがきれいだという言葉さえも出ず、ただただ見入るしかない。

その瞬間、私はふと思った。


「なんであんなに焦って生きてたんだろう？

夕日を眺めるだけで、こんなにも満ち足りるのに……」


ところがそれも束の間、ソウルに戻ると「休暇はもう終わったよね？」と言わんばかりに仕事が降ってきた。

「この街で重篤の動物はみんな私の担当？」と言いたくなるほどだった。

同じ動物に三度も心肺蘇生をしたのに、結局救えないこともあった。

飼い主の嗚咽が空間を鋭く引き裂いた。

旅の余韻に浸る間もなく、残酷にもまた現実を突きつけられた。やっとの思いで、動物をあの世に送った後は、何日も心のやり場が見つからなかった。

こんな戦場のような数日をやり過ごし、ようやく訪れた週末。無気力なあまり、正午を回っても起き上がることができなかった。一日中横になってばかりいてはだめだという思いから、やっとのことで体を起こした。

窓を開け、外の空気でもちょっと吸ってみようか。外気はかなり暖かくなっていた。そこでほんの少しでも外に出てリフレッシュしようと思い立ち、突っかけ姿でなんとか自宅前の公園まで出てみた。陽射しがとても気持ち良く、目の前には白い蝶が舞っていた。

突然、涙が一筋すーっと頬を伝った。

この瞬間は、インドネシアの小さな島で見た夕日を眺めたあの瞬間に決して劣らないほど幸せだった。

苦労続きの日常で心の平穏を守るには？

この本を執筆する三年間、本当に辛いことの連続だった。初めて本を書き下ろした時、私は大学で教鞭を執っていた。けれど紆余曲折の末、また新たに夢を探し始め、動物病院に転職したのだった。

安定した職は飽きやすく、夢を追い求めれば不安だらけ。不安にならずしてわくわくとした興味を持てる仕事など、この世には存在しない。

この真理に再び気づかされる日々だった。ここ数年は、私の前に立ちはだかる数々の出来事と格闘しながら執筆に当たったので、こうも時間がかかってしまった。でも、そのおかげで内容のリアリティと説得力が増したのはありがたい。

私が伝えたいのは苦労続きの日常で、どうすれば幸福を見つけ、平穏な心を守れるかという内容だから。

世の中には、瞑想に励んで悟りを得れば、人生から苦痛が取り除かれると思い込む人が大勢いる。私も同じだった。

でも、何をしようと苦痛は消えることなく、絶え間なく現れる。誰にでも平等に。

頑張って運動し、健康的な食事だけを心がける人が病気にかかってしまうのはいい例だ。私も本書の執筆中、ゾンビのように繰り返し現れる問題と幾度となく戦い、打ち勝つことを強いられた。

だからこそ、文章を書いて推敲しながら、あるいは以前書いた文章を読み返しながら、自分自身、とても勇気づけられたのだ。

本書では、私が経験した日常の疲れ、生きる上で味わう苦痛などをできるだけ余すところなく記すことにした。また運や外部の状況に任せることなく、どうしたら自らの力で幸せになれるのか、その過程をありのままお伝えしようと試みた。

私たちに大切なのは、偉大な目標を達成することではなく、日常にあるささやかな

幸せを積み上げることだ。本書ではそこに注目してみた。

幸福は探しに行くものではなく、見つけるもの

インドネシアの夕日を目にしたことは、私の人生において最高の体験だった。とはいえ、幸福をインドネシアから持ち帰ることはできない。飛行機で7時間以上かかる場所にしか幸せがないのなら、私は一年に多くてもたった一回しか幸せになれないからだ。

お金持ちになれば、
白馬の王子さまに会えれば、
ものすごく有名になれば、
幸せになれるはず。

こんな考えばかりでは、永遠に幸せにはなれないだろう。

幸せは探しに行くのではなく、自分のすぐそばで見つけるものだ。

私のベッドルームにも、シャワーヘッドから滴る水にも、近所の公園で私の顔に注ぐ陽射しにも、友達の笑顔にも、幸せは宿っている。

本書では、読者のみなさんに日々ひとつずつ行ってほしい、本当にささやかな30のルーティンを載せている。どれもすべて私が実際に試した方法だ。

朝にたった1分実践するだけで、海の向こうの、とある島で眺める夕日に匹敵する感動をあなたへプレゼントできることを祈りつつ。

目次

DAY 2

起きたらすぐに座り、1分間瞑想する

DAY 3

目を開けたらすぐに「それもある」と5回、口に出す

DAY 4

昨日の出来事を振り返りながら、ありがたいことを3つ思い浮かべる

DAY 5

カーテンを開け、顔に陽射しを浴びながら風を感じる

DAY 6

幼い頃の自分へ応援メッセージを送る

DAY 7

起床後すぐに凝った部分を探して、十分にストレッチする

DAY 8

夢を叶えるために今日の自分にできるいちばん小さいことを思い浮かべる

DAY 9

あなたが好きなことと嫌いなことを3つずつ書き出す

DAY 10

今日一日、見知らぬ人に親切にすると心に誓う

DAY 11

良文を紙に書き写す

DAY 12

お金にこだわらないなら何をしたいのか、自分に問う

DAY 13

窓を開けて1分間、遠くの山を眺める

DAY 14

お香を焚いて1分間眺める

DAY 15

シャワーヘッドから落ちてくる水滴を1分間受けながら悩みを水に流す

DAY 27

一年前の自分の姿と今日の自分を比較する

DAY 28

誰かにかける温かい一言を準備する

DAY

1

母親にいちばん言ってほしかった言葉を自分に贈る

確実に「不幸になれる」方法

幸せが何かなんてよくわからなくても、不幸が何かは明らかだ。

ダンテの叙事詩『神曲』で描かれた天国と地獄を見ただけでもわかる。たとえば、地獄が描写された絵はとても具体的だが、天国のイメージはシンプルすぎてしっくりこない。

「幸福」を具体的に想像するのは難しいのだ。

あなたにもちょっと、想像してみてもらいたい。

嫌いな人にいちばん苦痛を味わわせたい時は、どうすればいいだろうか？

自分でも恥じ入るほど、具体的で悪質な方法をいとも簡単に思いつけるはずだ。

では、今度は愛する人をいちばん幸せにしてあげられる方法を思い浮かべてほしい。

おそらく「まさにこれだ」と思える明快な方法は浮かんでこないだろう。

つまり、もし幸せになりたいなら、幸せになろうと努力するよりも、まずは不幸せにならないようにする。この方がずっと簡単なのだ。

では、「不幸になれる方法」には何があるだろうか？

私が知る限りもっとも確実な方法をお教えしよう。

それは、まさに外部要因をコントロールしようとすること。

「今の仕事が必ず成功しますように」「明日、雨が降りませんように」といった心持ちでいることだ。切に願うのに、どれも思い通りにはできない。

さらに、いちばん思い通りにいかないのは、そう、他人の心をコントロールしようと思うこと。

「ああ、あの人が私を慰めてくれたらいいのに」

「みんなに好かれたらいいのに」

「認められたいのに」

「誰か助けてくれたらいいのに」

という心を持ってみるとする。

他人の心はそもそも思い通りにならないので、こんな願望を抱くほど、確実に「不幸になれる」のだ。

だとしたら、他人に何も望みさえしなければ、不幸から逃れられるのでは？

わかっているのに、どうしてそれがうまくできないのだろうか？

自分の心を自分よりわかっている人などいない

「私たちは社会的動物だから」というのが他人に何も望まずにはいられない理由だ。

そもそも私たち人間は、社会と組織の中で安心感を抱くようにできている。

漢字で「人間」は「人」と「間」と書くように人が束となれば生きることができ、ばらばらになれば生きられないのが人間社会なのだ。

私たちにとって、社会で憎まれ、捨てられ、認められないことほど恐ろしいことはない。これ自体は自然なことだ。

問題は「誰かが自分を認めてくれたら」と考えるあまり、その苦痛が大きくなりすぎていること。それなのに、誰かが自分を認めてくれた時に感じる喜びはそれほどでもないのだ。さらに厄介なことに、他人に認められたい、尊重されたいと思っているにもかかわらず、具体的にはどうしてほしいのか、本人すらわかっていない。ただ漠然と、自分にもう少しよくしてくれたらと望むだけ。

幸せが何かよくわからなくても、不幸が何かは確実にわかるように、他人にしてほしいことがぼんやりとしていても、してほしくないと思うことはよくわかっているのだ。「私にむやみやたらとタメロで話さないでほしい」「たいしたことでもないのに呼びつけて。いちいち小言を言わないでほしい」という具合に。

だから他人に期待することを、言語化して整理してみる必要がある。

両親に、恋人に、友達に、子どもに言われたかった言葉、取ってもらいたかった行動を具体的に整理するのだ。

世界の誰であれ、自分より自分の心を知っている人はいない。

ある人があなたをどれだけ愛しているか、ということは、その人の言動とはまるっきり別の問題なのだ。

よくしでかす間違いは、相手に対して「私を愛しているなら～すべき」と考えてしまうことだ。自分の価値観に基づき期待すれば失望するのも当然だ。

そうなると、失望も、勝手に期待を寄せた自分の責任と言える。

しかも、私たちは相手に何を望んでいるか、きちんと表現しないまま、自分勝手に期待しては、失望と挫折を繰り返す。

中でも家族、特に母親に対しては一生期待し、期待を裏切られ続けることになるかもしれない。

これからは、同じ間違いを繰り返すのはやめて、あなたが母親に言ってほしかった言葉は、あなた自らあなた自身に向けてかけてあげよう。

私が欲しかった言葉は「不安になってもいいよ」

私は多くの時間を自分の好きなように過ごして幸せだと感じてきた一方で、たまに大きな不安に襲われることもあった。不安の種類はいろいろだった。

「ひとつの分野でコツコツ働けないのは、もしかして辛いことを避けて通りたいからら？」

「あの子は大学院生活が大変と言いながらも絶対に諦めたりしないのよね。私なんか好きなことをコウモリみたいに行ったり来たりでどっちつかず。根気がないなぁ」

「こんなふうに生きていたら、ゆくゆく年老いた時に後悔するんじゃない？」

そして、ある日自分に恥じ入り、完全に気持ちがズタズタになった。

何もできずに数日間くよくよしていた私はとうとう母に思いをぶちまけた。

「ねえママ、私、不安でいっぱい。なんだか私だけ取り残されてる気分」

母は悩みもせずに答えた。

「だから言ってるでしょ。人並みに、平凡に、コツコツやってみたらいいって。いい条件があるのに見向きもしないで、なんでお金にならないことばっかり選んで、みんなと違う人生を歩むのかしら？」

そう言われて私はもっと消え入りたくなった。

「私ったら、どんな言葉を期待してたの？　期待した自分がバカだった……」

自分を責めた。

自責の念、不安そして悲しみにまみれた私は、母親に代わる存在を探すことにした。気を取り直し、自分にいつもポジティブな言葉をかけてくれる友達に、この不安を打ち明けてみたのだ。

するとその友達はこう言った。

「おかしなこと言うわね。リュビンは十分成功している方よ、もっと成功したいってこと？　心配しすぎ。大丈夫よ」

これも私が聞きたい答えではなかった。

大丈夫だと言われたって、心配せずにはいられないのだから。

辛い思いがさらに数日続いた頃、YouTubeである講義を聞いた。

講師の先生は「『この世界で自分の心を知っているのは、他ならない自分だけです』いくらあなたを愛する人でも同じです。他人が自分の心を自分のようにわかってくれると期待しないでください」ときっぱり言った。

それを聞いて「本当はどう言われたかったんだろう。いったいどんな言葉を聞きたくて、みんなに訊いて回ったんだろう」と考えるようになった。

そして言われたい言葉を自分自身に聞かせてあげることにしたのだ。

私に必要なものはひりひりするような鞭《むち》ではなく、感情のこもった応援の言葉だった。だから自分にこう語り始めた。

「今、あなたは不安だらけなのね。まあ、不安になっても仕方ない状況だから、もう少し不安なままでいたって平気よ」と。

さらに自分が本当に何を望んでいるのか、自問してみた。

「不安を背負ってまで、心からやってみたいと思うことは何なの？」

自問自答を繰り返し、自身の感情に寄り添って、自分が本当に望んでいることは何か訊いてみると、変化が見え始めた。とはいえ、不安が消えたりはしない。それでも不安に立ち向かう勇気が湧いたのだ。不安を押し殺し、打ち勝つわけではないけれど、不安を抱えながらも幸せになれる方法がわかったということだ。世の中で自分の心を誰よりも知り尽くした「私」という支持者が登場したのだから。

今日はあなたが思い描く母親からいちばん聞きたかった言葉を、自分自身に言いながら一日を始めてみよう。

耳にしただけでも、凍てついた心が雪のようにさらさら溶けていくような、そんな文章を探してみよう。

平凡な文章でも構わない。

自分がまさに言ってほしかった言葉が思い浮かんだら、それを紙に書いて枕元に貼っておこう。朝、起きぬけにそれを声に出し、自分に読み聞かせるのだ。

ただし、その際には注意事項がいくつかある。

ひとつめは、いくら幼稚な感情であっても、そのまま認めること。

頭でっかちになっていても、感情は子どもと変わらない。子どもっぽい感情を「社会化」という殻で覆ってしまっただけだ。それでも、そんな感情を抱いているという事実を恥ずかしいと思うかもしれない。特に男性陣にはそういうケースが多々見受けられる。

だからこそ、「自分自身に話しかける」ことが必要なプロセスなのだ。

他人に語るには、ちょっと恥ずかしい感情も、あえて取り出してみることで慰められることもあるから。

2つめは、自分が感じている否定的な感情に対して、真っ向から反駁《はんばく》しないように注意すること。

たとえば、「私にはお金がない。月給も雀の涙で、運良く裕福な家庭に生まれ楽に生きている人たちを見ると悔しくてたまらない」と考えたと仮定してみよう。

こういう人たちは、自分を慰めようとしてミスを犯す。

「そんなことないよ！　これくらいお給料があれば十分！　借金はしていないんだし。それに私は心豊かなんだから全然問題ない！」とか「お金がなくたって平気。人は誰だって大切な存在で、光り輝いている」と自分を肯定し慰めながら、心の奥底に眠る本心を無視するのだ。

でも、冷静になって考えてみてほしい。

本当にお金がなくても平気だろうか？

自分のありのままの感情から無理に目を逸らし、あえてポジティブ思考で包んであげる必要はない。それは所詮、虚言に過ぎないのだから。

これはネガティブな感情を払いのけ、ポジティブな姿勢を取ろうとする人々がよくする失敗だ。万が一、自分ではなく誰かが自分にこんな慰めの言葉をかけたと考えてみれば、答えはすぐに出る。


あなたが「お金がなくて辛い……」と言ったとしよう。

そこで母親に「こらっ、あなた程度ならもう十分お金持ちでしょ！　借金がないだけいいんじゃない？」と言われたら、納得できるだろうか？


きっとそんなことはない。

自分が本当は言われたかった言葉をじっくり考えてみてほしい。

深い悲しみ、自分だけ満たされずに憤る気持ち、自分のだめなところをありのままに認めて受け止めてくれる言葉こそ、心から聞きたかった言葉ではないだろうか。

なんてこともない、ささいなことで泣いている子どもに「そんなことで泣くんじゃない」と頭ごなしに叱る母親ではなく、「すごく悲しかったのね。もっと泣いていいよ」と言ってくれる母親。

今朝はそんな母親になろう。自分自身を自分の子どもだと思って。

DAY 1
求めていた言葉を自分に贈る

1

☑ あなたが母親にいちばん言ってほしい言葉は何か、真剣に考えてみる。

2

☑ その言葉を紙に書いてベッドルームに貼っておく。

3

☑ 朝起きぬけに、1分間声を出して読み上げながら、一日を始める。

DAY

2

起きたらすぐに座り、1分間瞑想する

どこよりも騒がしい場所、それはあなたの頭の中

みなさんは「瞑想」と聞いたら、何を頭に思い浮かべるだろうか。

修行僧が滝の下や山奥の僧庵で座禅を組み、目を閉じている姿だろうか？

あるいはもう少し現代的に、ヨガマットの上でフィットネスウェアを着て座禅する姿だろうか？


精神的に疲れた経験がある人なら、一度くらいは瞑想について調べてみたり、実際にやってみたりしたことがあるはずだ。それくらい、心の整理をするにあたって代表的な手段だ。


最近では西洋でも「マインドフルネス・メディテーション」が流行している。

成功したビジネスマンや芸能人たちに、瞑想の習慣があると世に知られたこともあり、人気に拍車がかかった。瞑想をすれば心がすっと軽くなるとよく言われるけれど、

どう始めるのがいいだろうか？

私はもともと、混雑してがやがやする場所がとにかく苦手だ。繁華街に5分立っているだけで心の平穏が失われる。私みたいな内向的な人間は、クラブ、お祭り、パーティのように人が集まるところに行くことなど想像もできない。

ところが、ある日、世界のどこよりもゴミゴミしてうるさい場所が、実は自分の頭の中だと気づいた。

私は物忘れがひどく、何かをしていても、それ自体を忘れてしまうことが多々ある。食器を洗っていたのに突然何かに引っ張られるように、泡がついた食器を置きっぱなしにして、その場を離れる。そして、夜寝るまで、食器を洗っていた途中だったことをすっかり忘れてしまう。他にも、仕事中に急に読みたい本を思い出して、図書館のサイトで検索をかけると、直前に何をしていたのか忘れてしまうこともある。

時々、宝くじに当たったらどこで何をすればいいのか、高級アパートに入居したらインテリアのコンセプトはどうすればいいのか、そんな空想に耽ることも。

なぜこんなことが起こるかというと、頭の中が騒がしすぎるせいだ。

皿洗いの時は皿洗いだけに、掃除の時は掃除だけに集中すべきなのに、そんな単純作業でさえも、頭の中がうるさい私のような人間にはなかなか難しい。

行き過ぎた信念は地雷と同じ

あなたがもし他人よりずっと集中力に欠け、そのせいでひとつのことが長続きしないと思うなら、雑多な考えが頭にあるか点検してみたらいい。

私は瞑想をしながら、ようやく悟った。

一日中何事もなかったのに、とにかく疲れてしまうのは、頭の中がうるさいからだと。

私たちの頭の中はいつだって、てんやわんや。ご飯を食べながらも仕事のことを考え、仕事中にも週末のデートで何を着ようかと悩んでいる。しょっちゅう過去のことを後悔し、未来の心配をしながら、膨大な時間を費やしている。

それなのに、あまりその自覚がない。

考えが現れては消え……、これを繰り返しているからだ。

瞑想を始めると、自分がどれほど様々な思いを巡らせているかに気づく。

自分がどんな考えを持っているかも鮮明に見えてくる。

頭の中は、なくてもいい地雷で常に覆われているのだ。そして私たちは自分でも気づかないうちに、この地雷にパワーを吸い取られている。

この地雷の正体、それは行き過ぎた信念だ。

「どんなことがあっても、仕事を完璧にやり遂げないといけない」
「人々にいつも親切にしないといけない」
「役に立たないことにお金を浪費してはいけない」
「時間を少しも無駄にしてはいけない」

たとえばこういう信念だ。

各々、心のうちには基本的なオペレーティングシステムとなる信念がある。しかし、これがほんの少しずつ気力を蝕《むしば》み、何かの拍子で踏まれると、その瞬間に感情をバンと爆発する地雷に変わる。

地雷を爆発させたことがある人は、辛くて耐えられないと知っている。だから普段から人一倍、地雷を避けようと恐る恐る歩くことにエネルギーを使わざるを得ない。

「何があっても仕事を完璧にこなさないと」という地雷を抱える人がいると想定してみようか。この人はいつもどんな仕事も完璧にこなすために、全力を尽くすだろう。

ここまでは問題ない。

ただ、こういった人は帰宅してからも、もしかしたらミスしていないかと今日の仕事を念入りに振り返ったり、明日の仕事を気にして時を過ごしたりする。

だから、仕事が終わっても同僚から電話がかかってくると、何かミスでもしたのではないかと思ってびくっとすることも多い。

あるいは、自分より仕事ができない人がいれば、心の中で密かに、もしくは他人にその人の悪口を言う。そうすることで、完璧に仕事をこなす自分に淡い優越感を抱き、気分を良くするのだ。

このような人はきつい仕事、たとえば自分の能力以上を要求される仕事を任されると、人より多くストレスを受ける。ささいなことに隅々までエネルギーを使うため、すぐに疲労が溜まる。

見かけ上はもちろん仕事ができる人に見えるかもしれない。でも、内面はいつでも疲労困憊状態だ。週末に疲れを取ろうと休んでも、栄養ドリンクを欠かさず飲んでも、常に慢性疲労に悩まされる。

「仕事を完璧にこなせない」ことで地雷が爆発してしまわないように、常に歯を食いしばっているからだ。

心を空にするほど、幸福で満たされる

このように地雷を踏まないように細心の注意を払っていると、苦しい日々を送り続けることになる。それならば、もう地雷をなくす決心をするしかない。

この地雷を少しずつ取り除く方法は、まさに瞑想だ。

私たちが辛いと感じる理由は、重要ではないことに、必要以上に心を縛られているから。

瞑想をずっとしていると、重要なこととそう重要でないことが面白いほどはっきり

区別できる。さらに、重要だと思っていたことのうち、真に重要なことなど実はさほどないと気づかされるのだ。

私は、こうして本を書く時も、まず瞑想から入る。

本一冊、文字一字記すに当たっても、本当に多くの考えが頭から離れず私を苦しめる。

文章を完璧に書かなくてはというプレッシャー、一度出版されてしまった本は一生私にまとわりつくという恐怖、「私にはわからないことがあるのに、まだまだ半人前なのに、こんな自分が本を出してもいいの？」という不安、人々が読みたいと思う本と私が書きたい内容にギャップがあるのではという悩み……。

挙げればきりがないくらい、私の頭の中もまた地雷でいっぱいだ。

多分、無意識的にはもっと単純な悩みがあちこちに広がっているはずだ。

こんな悩みが文章を書く妨げになっている。

そして、一文一文書く時に、人より多くのエネルギーを消耗してしまう。

頭がいっぱいの時に対象をひとつだけに絞り、他の考えを忘れさせてくれるのが瞑想だ。瞑想をすれば文章を書く時も、心が他のところへ向いてしまうことはなくなる。

今も相変わらず私の頭には地雷が多数存在し、時おり爆発してしまうから、ひとりでに怒りが込み上げたり不安になったりする。それでも瞑想をするようになってからは、昔よりほんの少しずつ、ゆっくりとだけれど前進している。

最大の変化は、何事にも「これは超重要だ」とやきもきしなくなったことだ。このように空になった心は、その分だけ幸せで満たされるのだ。

今、この瞬間に集中する

今日は朝起きたら、ベッドや布団から出る前、そこに座ったまま自分の体の感覚に集中してほしい。視覚、聴覚、嗅覚、触覚、どれでも構わない。

目を閉じれば、まぶた越しに視覚が研ぎ澄まされる。
うす明るくなったり、暗くなったり、白、赤などの色が見える。
それから、座っている場所がふかふかなのか、固いのかを感じ、体に凝った部分はないか、集中してみてほしい。家の外から聞こえてくる鳥のさえずり、オートバイが走り去る音にも耳を澄ませてほしい。着ている服から漂う匂いにも集中してほしい。

体の感覚に集中する瞑想は、心を過去や未来ではなく、今この瞬間にしっかり留める役割を果たす。この短い瞑想に慣れると、いつどこであれ瞑想をすることができる。

食事の際、ご飯の粒を噛む感覚や味、温度や色に全神経を集中させること。
車から降りる前にちょっと目を閉じ、深呼吸をしながら感覚を研ぎ澄ますこと。
昼食から戻って仕事を始める前に目をさっと閉じ、今、ここに集中すること。

このようなちょっとしたことも、すべて瞑想だ。

「今、ここに集中する瞑想」は頻繁に行うほどいい。
座禅を組んで瞑想を一日に30分、1時間、2時間ずつ行うのと同等の効果がある。

この瞑想について、最近聞いた話をひとつしよう。

ある僧侶が僧庵でキジを一羽飼っていた。

そのキジは不規則に「ケーン、ケーン」と鳴いたという。

1分に一度のこともあれば、20分空けてまた鳴くこともあり……。

するとその僧侶はキジの鳴き声が聞こえる度に仕事の手を止め、少しの間、今、この刹那に集中しようと心に決めたという。

この僧侶のように、日常で、今この瞬間に集中する瞑想を取り入れてみてはどうだろうか。

瞑想する際の注意事項1——特別な成果を望まない

あらゆることが「非常に重要だ」と執着する心を手放そうとするのが瞑想なのに、特別な成果を得ることを目標に置いたら、瞑想自体が重要なものになってしまう。

瞑想を習うグループでも、あの人より早く何かを悟ろう、他の人よりもっと早く、深く、瞑想の段階に到達しようと競争心を燃やす人が見られる。

こうなってしまうと、瞑想という行為そのものが持つ本来の目的からはずいぶんと遠ざかる。

また、世界的に有名な人々が瞑想を好むのだから、自分も瞑想すればより早く成功できるかもしれないと勘違いする人もいる。

さらに、「お金を引き寄せる瞑想法」「願いが叶う瞑想法」といったものまで登場しており、お金を稼ぎたいからと必死になる人も後を絶たない。あらゆる金儲けの手段に魂まで動員するのだ。こうなると、お金をたくさん稼ぎたくて瞑想に頼るのだから、欲を捨てずに執着しているのと変わらない。

こういった瞑想は本来の目的から外れている。

瞑想は、すればするほど心が解きほぐされるもの。
これが目指すべき方向だということをよく覚えておいてほしい。

2—目に見える変化、劇的な変化を期待しない

「瞑想をすれば心が穏やかになるって聞くけど?」

「瞑想をすればマインドコントロールが上手にできるようになるらしいね?」

「私は一ヶ月、一年瞑想をしてみたけど、どうしてなんの変化も現れないの?」

こんな考えを持つ人も、瞑想をそれ自体ではなく、目標に向かって苦労するプロセスだと考えている可能性が高く、危険だ。このような人は、数日瞑想をしてみて特別な変化がないとすぐにやめてしまったり、もっといい瞑想法、もっとよく学べる瞑想グループを探して転々としたりする。

3――瞑想は「上手、下手」で評価しにくいもの

多くの瞑想指導者、あるいは瞑想が習慣になっているというビル・ゲイツも、初めから目を閉じればすぐに100%集中できたはずはない。

瞑想初心者のもっとも多い失敗は、「今日は瞑想がうまくできた、または、うまくできなかった」と自己評価を下すこと。

瞑想は思考を手放すためにするものではなく、自分の考えを客観的に見るために行うものでもあるので上手にできたかを判断するのは難しい。

呼吸にだけ集中する瞑想の途中に、いろいろな雑念が入るのはよくあることだ。昨日のやりかけの仕事が思い浮かんだり、外から聞こえる車のクラクションの音にイライラしたりもする。

そんな時は「あ、こんなこと考えてるんだ」と客観的に捉えてまた呼吸に集中すればいい。

4―瞑想で現実逃避しない

ほんのひと時でもリラックスしたくて瞑想するのは構わない。
多くの人はそういう動機で瞑想の門を叩く。
現状が辛くなければ、心を見つめ直そうと決心する必要もないのだから。

でも、現実と全く異なる新世界が別にある、と考えるのは妄想に過ぎない。
苦しい現実から逃避することを目的とした瞑想には注意してほしい。

自分の日常をより良くするため、心をコントロールするために行うのが瞑想だということをしっかり認識しておこう。

DAY 2
起きぬけに1分瞑想する

1

☑ 朝起きてすぐに座り、目を閉じる。

2

☑ 今この瞬間、自分の体が感じる視覚、聴覚、嗅覚、触覚に、全神経を集中させ1分過ごす。

3

☑ 1分の瞑想に慣れてきたら、次第に時間を延ばす。また、朝だけでなく日常的にいつでも「今、ここに集中する瞑想」を実践する。

DAY

3

目を開けたらすぐに「それもある」と5回、口に出す

あらゆることを軽く受け止める練習

みなさんは、ポジティブに生きようと努力したことがあるだろうか？

初めてマインドフルネスに取り組む人は、よく「今日から前向きに考えるんだ！」と誓う。

「むしろよかった」という言葉が流行したこともある。悪いことが生じても、発想の転換で、むしろよかったとポジティブに捉えようとする試みだ。


でも、ポジティブシンキングより、もっと効果的なことがある。

それはあらゆることを軽く受け止める練習をすることだ。

悪い感情を頑張って無視し、いい感情だけを見ようと努めるのではなく、悪いこともいいことも、すべてのことが「そうありえるんだ」というように、軽く受け入れるのだ。

もちろん悔しい思いをしたり、本当に怒りが込み上げたりすれば、なかなか簡単にはそう思えない。私も含め大多数の人は、他人事なら軽く受け入れられるのに、いざ自分の身に降りかかってくると、ささいなことひとつにも過敏に反応してしまう。

逆に考えれば、もし自分のことも軽く受け入れられるなら、人生はもっとずっと自由になるという意味になる。

ではどうすれば、もう少し軽くすべてを受け止められるのか、考えてみよう。

「ポジティブに考えること」と「軽く考えること」

「ポジティブに考えること」と「軽く考えること」の相違点を、私はこう考えている。ネガティブな感情が浮かんでくる時、無理やりポジティブに考えようとすることは、実は感情に対する抑圧に過ぎない。

自分の無意識を誤魔化すことはできないという事実を忘れてはならない。

たとえば、あなたが上司から業務上の指摘をされ、気分を害したのに「平気、平気。

全部私のために指摘してくれてるんだから。悪く取らないで、ありがたく思わないと」と力ずくで自分を納得させることは、自分を騙しているのと同じだ。

あなたは、本当にありがたく思っているだろうか？

上司が正しいことを言ったんだから、本当に何ともない？

それが本心ならば何よりだが、万が一その上司が正しいとはいえ、すごく腹が立つ言い方なら、あなたは気分を害して当然だ。

「軽く考えること」はこんなふうに気分を害した自分の感情を、ありのままに認めてあげることだ。上司が指摘することもあれば、あなたが気分を害することだってもちろんある。上司の言葉が１００％正しくても、あなたが気分を悪くしたことは至って正常なことなのだ。

こんな時に役立つ魔法の呪文は、「そういうこともある」という一言。

あなたのミスに対して、必要以上に上司が大げさな表現をし、それによってあなたの心が傷ついたとしても、「そういうこともある」と考えてみる。そしてお叱りを受けて気分を害したあなたにも同じように「そういうこともある」と唱えてみる。

仕事をまともにできなかったのは自分のミスだ。

でも怒られて嫌な思いをしたのも事実だから。

どんなことも、単にそういうことはある。特別なことではない。

指摘した上司も、それで気分が悪くなった自分もおかしくない。

悪いことが起こるのは、人生における必然

どんなことがあっても、いつもポジティブに考えようと決め込んだ人に限って、いざ大事件に直面したら為す術がない。ポジティブな考えを呪文のように唱えていたら、世の中はあたかも自分を嘲るかのように、もっとひどい目に遭わせる。

まるで「これでもポジティブな態度を取っていられるかな？」と試すかのように。

私たちの人生には、必ず悪いことが起こる。

人生の中では、状況も感情も自分の思い通りにコントロールなどできない。

ポジティブ思考だけで、どんなことも解決できるわけではないと知る。

コップに水が半分残っている時は、「半分も残っている」と言えるけれど、コップに水滴しか残っていない時は、「これだけあれば十分」と言うには無理がある。

そして自分にもそれが嘘だとわかっている。見て見ぬふりをしたいだけだ。負の感情から目を逸らしながら一生逃げ回ることなどできない。

「そういうこともある」と口にした瞬間、ささいなことになる

初めて車を購入した頃、私はよく事故を起こした。

幸い人身事故を起こしたことはなかった。でも駐車する時に周辺をこすったり他の車と接触したりすることはしょっちゅうあった。保険処理をしても自己負担金が発生する。当時の私にとって、費用はたかが50万ウォン（約5万円）程度でも手に汗を握るほどの大金だった。

忙しいさなかに車を修理に出しに行くだけでも腹が立った。お金が惜しくて地団駄を踏んだ。もっと注意して運転できなかったのかと自分に苛立ち、しかし、ぶつけた

車の持ち主に怒られるかと思うと怖くなった。こんなふうに一日中憤り、悔しい思いをし、他のことにうまく集中できなくなる時は、心の中にある怒りの火種を消さないといけない。そう気づいてから、私は感情を抑えようと努めてきた。


「大事故が起きなくてよかった」

「走行中に事故にならなかっただけまし」

「人を轢かなかったんだからよかったじゃない。本当に助かった」

というふうに、無理にポジティブに考えてみたのだ。

ところが、気分はたいして変わらない。

こんな小さな事故さえも、一切起こしたくないと願う私の欲が原因だった。

私が事故を起こしたと聞いて、運転歴の長い先輩がこんな話をしてくれた。


「そういうこともあるよ。

初めて車を買って一ヶ月に4回こするのは、ドライバーの通過儀礼さ」


この言葉がしゃくに障って、もっと頭に血が上った。「他人事だと思って、ずいぶん軽く言うんですね。あ〜お金がもったいない」と言いながら猛烈に怒っていると、先輩はこうも言った。

「それもそうだよな。予定外の出費が痛いね」


先輩がこう言える理由ははっきりしていた。

第一に先輩も免許取り立ての頃、同じようなことを全て経験済みだったから。

第二に、今起きた事故は他人事だから。

私が「そういうこともある」を魔法の呪文だと言ったのは、この言葉を口に出した瞬間、自分の感情を正面から反駁せずに、怒りの対象を、ささいなもの、つまらないことにできるからだ。


だからあなたも一度唱えてみては？

もどかしくて悔しいことが生じた時、考えただけで怒りが込み上げる時、物事が思い通りに解決しない時、大きく深呼吸して「そういうこともある」と声に出して5回繰り返すのだ。

そうすれば、ずっと心が軽くなる経験ができるはずだ。

腹が立つ自分にも「そういうこともある」と語りかける

時には「そういうこともある」が通じないほど激怒することもある。洗い流せそうにない傷をつけられ、その人を決して許せない時。そんな時は「そういうこともある」なんて悠長に構えていられない。魔法は効かない。
むしろ「いや、こんなことありえない」と怒りが爆発する。

そんな時は、矛先だけ変えてあげればいい。
「そう。怒るだけの理由は十分ある。
私が今、怒りに満ちているのは当然。そういうこともある」
このように自分に語りかける。じっと耐えたりせず、気の済むまで怒ればいい。
ネガティブな感情をありのままに認めてあげれば、その感情の有効期限が短くなる。
堪えようとすれば、ネガティブな感情は逆に長引くだけ。

辛いことがあった時、泣いたらむしろすっきりしたという経験はないだろうか。涙を流す友達を慰める時も「泣かないで」と慰めるより「泣いてもいいよ。思いっきり泣きなよ」と言ってあげる方が、よっぽどその人に寄り添える。

それでも、私たちは不快な感情を抱くと、急に怖くなって本能的に逃げ出してしまう。無理やりポジティブに考えようとし、それ自体を考えないように努め、何か他のことに没頭しようとする。

何も考えずに笑えるテレビ番組を見たり、ショッピングをしながらストレスを発散させたりすることもある。辛いものを食べたり、お酒で気を紛らわせたりすることもある。私の場合は眠ることに逃げて怒りを鎮めていた。

でも、こうして逃避ばかりしていると、とても長いこと感情に振り回されるというデメリットがある。だからしっかりと感情を表現する練習が必要なのだ。

正当な感情と消耗的な感情を区別する

ネガティブな感情をそのまま受け入れるとはいえ、負の思考回路が定着してしまうのはよくない。

ネガティブな感情も、正当なものと消耗的なものとで区別する必要がある。

たとえば、体調が悪い時は普段よりイライラしやすいのでは？

私は最近、仕事がとても忙しく、当然のように残業をしていた。もっとも忙しい時は、三日間で合計10時間も睡眠を削って仕事をした。こんな時、人間の性格はきつくなり、忍耐力に欠け、朝目覚めた瞬間から生きるのをやめたくなる。

こんな時に感じるネガティブな感情は正当なものだ。

では、これに対する消耗的な感情にはどんなものがあるだろうか？

たいしたことでもないのに、悪く解釈する習慣が生む感情だ。

特に理由もないのに、特定の人にだけひどくイラついたり、何を言われてもゆがめて取ったりしてしまうことがあるのでは？　まさにこれが心を消耗させるネガティブな感情だ。

この2種類の感情を区別するため、私は「医者みたいに話す」方法を用いている。**拡大解釈ではなく、客観的な事実だけを並べる練習だ。**

今朝は、起床したらすぐに「そういうこともある」と5回、口に出してみよう。

一度こう考え始めると、この考えは徐々にルーティンのようにあなたの心の中に浸透していく。すると、どんなことが生じても「よりによってなんで私が…」ではなく、「単に起こるべくして起こっただけ……」と受け入れられるようになる。

そうすれば、もしもあなたに不幸な出来事が押し寄せても、ずっと楽に乗り越えていける。

DAY 3
「それもある」と5回唱える

1

☑ 朝、目を開けたらすぐに「そういうこともある」と声に出して5回言う。

2

☑ 今日一日、あなたに起こるあらゆることに「そういうこともあるさ」を加えて考えてみる。

3

☑ とてもじゃないけど受け入れられないことが生じたなら、「怒って当然。そういうこともある」と自分に語りかける。

DAY

4

昨日の出来事を振り返りながら、ありがたいことを3つ思い浮かべる

悪い習慣をやめるには良い習慣で上書きする

私は大学で動物行動学の講義を担当していた。動物行動学とは、人間で言えば精神健康医学に該当する分野で、動物の精神的健康を扱う学問だ。主として動物の行動訓練や教育をする。薬物を利用しての治療法に関する内容も多い。

この科目のカリキュラムには子犬のしつけ方も含まれており、その代表的なものに「逆行条件づけ」という教育方法がある。子犬が不適切な行動を取らないように学習させることが狙いだ。

たとえば、飼い主の多くは子犬が食卓に上ろうとしたり、ティッシュペーパーを噛みちぎったり、知らない人に吠えながら追いかけたりする時に「だめ！」と言って叱りつける。

でも、子犬を育てた経験のある人はご存知だろう。

この方法には全く効果がない、あるいはその場しのぎでしかないことを。

なぜなら、子犬は何かを「してはならない」という概念をよく理解できないからだ。

そこで必要となる教育が逆行条件づけなのだ。

わかりやすく言うと、悪い行動に代わる何か他のいい行動が取れる訓練をあらかじめしておくというものだ。

まず普段から子犬が「お座り」「待て」「伏せ」といった命令に従えたら、子犬にご褒美をあげて繰り返し練習する。この学習がうまくできたら、子犬が知らない人に突然飛びつこうとしたその瞬間に「お座り」「待て」という命令を下すのだ。

命令をよく聞けたらよく褒め、ご褒美をあげればいい。

子犬は「突然人に飛びつく行動」と「お座りして待つ行動」を同時にはできないため、自然と飛びつかなくなる。

「走らない」「だめ」と言うよりずっと効果的ではないだろうか？

このような訓練を繰り返すと、子犬は知らない人を見かけても、走り出す代わりにお座りして待つ習慣を身につけるのだ。

これと同じで、悪い習慣を捨てるのは難しくても、良い習慣で代替するのはとても簡単にできる。

なぜ、してはいけないと言われると、もっとしたくなるのだろう？

子犬のしつけを例に挙げて説明したが、人間も同じだ。

何かをしないように努めるより、何かをしようと頑張る方が容易だ。

こんな文章を目にしたことはあるだろうか。


「白い象を思い浮かべないでください」


皮肉にもこの文章を見た瞬間、白い象を想像せずにはいられなくなる。

まさにこんな人間の本能のせいで、新しくいい習慣を身につけるより、昔から染みついた悪い習慣をやめる方がずっと大変なのだ。感情も同じだ。

ネガティブな感情が浮かび上がる時、それをなくそうと必死になればなくなるものだろうか？　白い象を考えないようにすればするほど、思い描いてしまうのと同じだ。

だから、習慣を変えたいなら、先の話にある「逆行条件づけ」を自分に適用してみるといい。子犬は「お座り」という指示に従うと同時に、人に飛びかからなくなる。人間にとっても、ありがたかったことを頭に思い浮かべると同時に、不平不満を募らせるのは至難の業なのだ。


「明日から不平不満は言わない」

「ネガティブ思考はやめよう」

いくらこう心に決めても、身の上を嘆いたり、不満を漏らしたりすることが習慣になっている人は、すぐにそこからは抜け出せない。

もともと不公平な世の中。日々私たちの周辺にはイラっとすること、腹立たしいこと、理不尽なことがつきものだ。

これからは、その代わりにありがたいと思える何かを探すことに意識を傾けてほしい。感謝する習慣を身につけると、自然に不平不満が減少する。

宗教のほとんどは、感謝の心を強く説いている。

友達に誘われて行った教会では、いつも「神さま、感謝いたします」から祈りが始まっていた。

手にしているものに感謝する習慣をつけ、手にできないものへの不平不満を小さくするのだ。宗教では、寄付やボランティアを推奨することもある。それは他人に施すという行為により、欲を捨てさせる効果があるのかもしれない。

どんなにささいなことにでも感謝することはできる

私は日々手帳をつけている。

手帳には書きたいことを、何でも自由に記入できるメモ欄がある。

ここに感謝すべきことを毎日3つずつ書く。

ペンを手にして感謝日記を書こうとすると身構えてしまうけれど、ひとつふたつ書き留め始めると、5つくらいまではあっという間に埋まる。

では、今実際にすぐ思い浮かぶことを羅列してみよう。

私は最近ノートブックを使い、カフェで執筆している。

サクサク使えるノートブックがあるおかげでこんなにすらすら書けてありがたい。

今日のカフェは静かで執筆するには最適。ありがたい。

私はとても寒がりだけど、今日巻いてきたマフラーが暖かくてありがたい。

週末には一日中家でごろごろしがちなのに、面倒がらずに体を起こし執筆することができてありがたい。

コーヒーが飲むのにちょうどいい温度に冷めていてありがたい。


どうだろう? こう座っているだけで、5つもありがたいことが浮かんだ。

あなたも今、この本をちょっと置いて感謝できることを思い浮かべてほしい。

こじつけのように感じるかもしれない。ピンと来ないだろうか?

私たちの目的は、本当に感謝するに値することかどうか、審査員のように厳しく吟味し、その価値があれば感謝する、ということではない。

それは、あなたにもわかっているはず。**感謝という新たな習慣が、不平不満という**

長年の習慣を抑え込めるように、新たに逆行条件づけの訓練をするのが目的だ。

そのためなら、どんなささいなことにも感謝できる。

ボイラーがよく効いた暖かい部屋に感謝し、誘惑に負けず昨日の夜食を我慢した自分に感謝することもできる。私が持つもの、私の周囲にいる人、今の状況、今日の天気など、全てが感謝の対象だ。

しかも感謝はすればするほど、その数はだんだん増えていく。

小さなことにも感謝できる感覚が育つからだ。

もしもあなたの体にそういう感覚が備わったら、人生を幸せに生きる上で大きな武器となるのでは？

DAY 4
3つのことに感謝する

1

- ☑ 朝に目を開けてすぐ、昨日の出来事で感謝するものを3つ思い浮かべる。なかなか思い浮かばない場合は、ひとつでも挙げてみる。

2

- ☑ 「○○○に感謝する」と口に出してみる。

3

- ☑ 体が感謝の心で満たされたと想像しながら一日を始める。

DAY

5

カーテンを開け、顔に陽射しを浴びながら風を感じる

朝、起きぬけのコーヒーは毒

私はコーヒー中毒だ。朝起きて一杯のコーヒーを飲まなければ、すぐさま頭痛が始まる。ある日病院でそのことを伝えると、医者にはっきり言われた。

「それはいけませんね」

人は、朝起きて活動を始めると、通常1～2時間かけてコルチゾールというホルモンを分泌しながらゆっくり体を目覚めさせ、体にエネルギーを供給する。だからこの時間帯にコーヒーを飲むと急激に覚醒し、かえって疲れてしまうというのだ。

コルチゾールは一般的に「ストレスホルモン」として知られ、朝起きた後、最低でも1～2時間が過ぎてからコーヒーを飲むのがいいらしい。

私は相変わらずコーヒー好きだが、今はできるだけ午前10時以降に飲もうと努力中だ。でも、習慣を正すのは本当にたやすいことではない。朝起きてすぐにコーヒーを摂取するのを止めたら、体がなんだかいつもよりだるくなった。また眠気も覚めず、ぼうっとしたまま出勤することになってしまった。

そこでコーヒーの代わりになりそうな、目の覚まし方を見つけた。**それは、カーテンを開け放ち、あえて強い陽射しを浴びること。起きぬけに明るい日の光を浴びると、眠気がさっと飛んでいく。**

また朝の陽射しは幸福ホルモンのセロトニンと睡眠ホルモンのメラトニンの働きを促進し、それが14〜15時間後、自然に眠気を誘うため、夜もぐっすり眠れるようになる。

逆に、一日中、日光を浴びず暗い場所にだけいると、夜に熟睡できなくなる。

しかも最近ではスマートフォンなどの電子機器使用によって、朝な夕なと不規則に光の刺激を受けているから、私たちの体の睡眠サイクルは、ただでさえ乱れがちだ。

適度な光と闇を欠かさない

最近、私は朝起きて窓を開け、必ず陽射しを浴びる。
そして、ただぼうっと風の流れを肌で感じる。

朝に限らず、仕事で焦っている時、すべきことが多くて焦燥感に駆られる時なども、ちょっと建物から外に踏み出して陽射しの中で散歩したり、わざと立ち止まって日光浴をしたりする。シフトで昼夜逆転する時は、買っておいた専用の照明器具を利用する。昼寝をし、夜に起きて間接的に日光照明を浴びるのだ。

光と闇の周期は想像以上に、体に大きな影響を与えている。
養鶏場では人工照明を利用して、鶏が卵を産む周期を調節するほどだ。

だから朝起きて活動を開始する前には光を、夜寝る前には闇を欠かさない。

一瞬でも立ち止まって光を浴びることは、ストレス解消と気分転換にも効果がある。

今、必要なことは「ちょっと立ち止まること」

ヨハン・ハリの著書『盗まれた集中力』（キム・ハヒョン訳、アクロス、2023年）では、分裂され続ける人生の危険性について語られている。

私たちが生きている現代社会は、スピードが徐々に加速している。

技術進歩のスピードも、情報取得のスピードも上がっている。情報も増える一方だ。

それなのに情報が多く与えられるほど、ひとつの情報に割く時間は減り、内容は浅くなる。

約100年前ですら、自然の速度に合わせて生きざるを得なかった。

急いだところで稲が早く育つわけでも、果実が早く熟すわけでもないからだ。

ところが、最近は急ぐほど多くの情報を得られる。そのせいで、人々は急ぐべきだという圧から逃れられずに苦しんでいる。短時間で数多の情報を収集しないと競争社

会では生き残れないと思い込んでしまうのだ。

でも、世界を把握しようとしても、その内容があまりに浅薄に終わるのは問題だ。

そんな時ほど、「ちょっと立ち止まる」ことが必要ではないだろうか。

建物と建物の間には空間が必要で、木々の間にもある程度の空間があってこそ美しい。

あなたの一日にも、一定の空間、「ちょっとの休み」を贈ろう。

私たちは今、何であれ、加えることよりも引くことに集中する方がいい。

栄養も情報も多すぎる時代なのだから。

ヨハン・ハリはヨガを習ったという。ヨガはいくつかの動作を非常にゆっくり行いながら、筋肉の動きをより隅々まで感じる運動かつ修行だ。ざわつく心をしばらく立ち止まらせるのに、これほど適したものはないだろう。もちろん彼のようにヨガをしなくても構わない。

ただ、忙しくても息を整え、空を見上げ、風を感じ、陽射しを浴びる余裕が持てればいい。

暇さえあれば情報収集にばかり勤しむ。それが慢性化すると、ある瞬間から息つく暇がなくなり、心も体も病んでしまう。人生を駆け抜けてきたのに、ふと生きる意味がわからなくなり、原因不明の不安に苦しめられ、不必要に自信喪失してしまう。

これは、自分が自分に発する「立ち止まって」というサインだ。

追い込まれてしまう前に、自分にとって本当に大切なことが入り込める空間を確保する練習をしておこう。

まず、今日は朝起きたらコーヒーの代わりに窓を開け、太陽の光を思い切り楽しんでみよう。

セロトニン、メラトニン、コルチゾール、エンドルフィンなど、体になくてはならないホルモンを作り出してくれる日光を、体いっぱいに受けてみよう。しかも無料で。

そして大きく深呼吸をしながら、頬を撫でる風をただじっと感じよう。

たった数分だけでもあなたに「何もしない自分」「ちょっと立ち止まる自分」を贈り、一日を始めてみてほしい。

DAY 5
太陽の光と風を浴びる

1

- ☑ 朝起きたらコーヒーを飲む代わりに、水を一杯飲む。

2

- ☑ リビングの電気をできるだけ明るくし、カーテンと窓を開け放つ。

3

- ☑ 窓辺に座り、陽射しを受ける（朝から強い陽射しが直接差し込む季節は、日焼け止めを塗るといい）。

4

- ☑ 陽射しを浴びながら、少しの間何もせず頬を撫でる風を感じてみる。

DAY

6

幼い頃の自分へ応援メッセージを送る

休めずに自らを追い込む人

数年前、あるお酒の席で同僚が私にこんな質問をしたことがある。

「ハンビンさんは休日、だいたい何をしているんですか？」

しばらく悩んでいたのに、無意識にこう答えてしまった。

「私、休まないんです」

どうしてそう答えてしまったのか、今でも疑問だ。

読書をするとか、友達に会うとか、ネットフリックスを見ながら体を休めるとか、適当に答えればよかったものを。口に出た瞬間、自分でもびっくりした。

だからとっさにその場を取り繕うように笑顔で付け加えた。

「あ、私って休むと不安になるタイプなんです。一種の病気ですね。ハハハ……」

やっとその場の人たちが和み、ハンビンさんはもともと勤勉だ、いつも忙しそうにしている、などと笑いながらお茶を濁し、会話は他のテーマに移っていった。

単なるお酒の席でのたわいない会話だったけれど、私にとってはかなりの大事件だった。あの日、自分の口から「休まない」と出たことで、ようやく自分が本当に休めない性格なのだと改めて気づかされたのだから。

「どんな食べ物が好きですか？」と同じくらい気軽な質問だったのに。私はああして訊かれる度に、考え込んでしまう。

休みの日なんてないのに、「休みの日に何をしているか」なんて訊かれると、口を閉ざすしかなかった。

心底休めない人間だという事実を知り、この日を境に私がまず初めにしたことが何かわかるだろうか？　なんと『しっかり休む技術』（クラウディア・ハモンド著、オ・スウォン訳、ウンジン知識ハウス、２０２０年）という本を買って読んだのだ。

単に休めばいいのに、どうやって休めばいいのかわからずに勉強する。

だからまたも休めないというアイロニー。これがまさに私のあるがままの姿だった。私のような人間は、継続的に生産的なことをしないと、という思いで自分を追い込んで生きるタイプなのだ。

仕事をしているか、仕事を溜めて罪悪感を抱くか

「私っていつからこんなに一生懸命生きる人だった？」

いつからこんな強迫観念に駆られているのか知りたくなり、自分に何度も問いただしてみた。

すると小学校6年生の時に書いた作文を思い出したのだ。

小学生の頃、秋の作文大会のお題と言えば、「運動会」や「遠足」のようなものだった。私は秋の運動会をテーマに作文を書き、作文大会で大賞をもらったことがある。

今でもその内容を覚えている。作文はこう始まる。

運動会の日になった。体調の悪い弟は、運動会でどの競技にも参加できなくて、泣いて駄々をこねながら両親を悲しませていた。

だから、せめて私くらいは頑張って両親を喜ばせないと、と思った。

そしてその作文はこう終わる。

頑張る自分を見て喜ぶ両親を見ると、私は幸せだった。
来年には弟も私も頑張って両親をもっと喜ばせてあげたいと思う。

小学生の時、この作文で大賞をもらったことは何より嬉しかった。両親も先生も喜んでくれた。賞品としてもらった額縁は家でいちばん目につくところに、何年も飾られていた。ところが、高校生になっていた私は、ある日ふとその文章を見たくもないと思うようになり、額縁を捨ててしまった。

作文には「頑張って走りながらも心では泣いている、幼い頃の自分の姿」が映し出されていたからだ。

病弱な弟の分まで頑張るんだと、いつも人より二倍は努力して、両親を満足させようと躍起になっていた私。

長女として、姉として、弟の分まで背負おうとした私。

あの時は心からそうすることが幸せだと思っていた。でも今思えば、私はお姉さんだから頑張らないと、という小学生に過ぎなかった。

多くの子どもたちは、両親に褒められ認められることに、自分の存在理由を見出す。両親に認められないことは、すなわち捨てられるということ。親に捨てられるということは、それこそ子どもにとって生存問題に関わる。

私もまた同じ理由で幼少期を過ごし、今では決して休まず、何事にも手を抜かない、あるいは手を抜かないふりをする大人になったのだ。

私は休む度に落ち着かなくなる。

どうやら私は常に仕事をしているか、あるいは仕事を溜めながら罪悪感を抱いているか、どちらかのタイプのようだ。

私の心にかけられた網の正体

私は、人の心には網のようなものがあると考えている。

普段は何とも思っていなくても、ちょっとした出来事をきっかけに、その心の網に引っかかるものができてしまう。

もちろん、あらゆることがその網に引っかかるわけではない。でも、網にかかる出来事が、いつも同じ姿形をしているというのが厄介だ。

一度網にかかれば、二度、三度、四度と繰り返して心に引っかかる。

たとえば、お金の件で見下されたことがある人がいると仮定してみよう。

その人がある日、ショッピングの際にデビットカードを差し出すと「お客様、残高不足と表示されますが」と店員に言われる。

店員はただ事実を淡々と伝えただけなのに、その人は店員に自分が見下されたと思い込み、二度とその店には行かない。帰宅し、一人で「布団キック」をして怒りを爆発させる。もしも、その人の心の中にそんな網がなかったら、ただ黙って他のカードを取り出し精算をすれば済んだことだ。

私の心にも網がかかっている。

その網の名前は、「誠実であるべき」という一種の強迫観念だ。

誰かに怠惰な姿がバレてしまったら恥ずかしいに違いないと思っている。

いつも真面目な仕事ぶりで、すべてこなそうと努力してはいても、心に体がついてこない。体が辛くて仕事がまともにできない時や、思うように仕事がはかどらない時は、人から不誠実だと烙印を押されるかと思うとどうにも苦しくなる。

「あの人が私の陰口を叩いているのでは？」

「仕事がまともにできないせいで、見下されたらどうしよう？」

という吹き出しが心の中で膨らむのだ。そうなると、何気ない一言にびくっとしたり、誤解したりしてしまう。

あなたも、もし精神的に辛くなったら、以前にも似たような経験をしていないか、よく思い起こしてみよう。

心当たりがないようなら、今、自分の気分に焦点を合わせて内面をじっくり覗き込もう。

身体反応に集中してみるのもいい。

腹が立ち、呼吸が荒くなるのか、恥ずかしくて顔が赤らむのか、どういう反応があるのか。ここに集中することで、過去に経験した、似たような出来事が蘇るかもしれない。このプロセスをきちんとなぞることができれば、心の中の網がどうやってできたのか把握できる。私もこのプロセスを経て、心の中の網に辿り着いた。

ご想像の通り、この網は大概、幼少期に経験した出来事に起因してかけられる。本当に小さな子どもには、こんな網はかかっていない。**だから精神的に辛くなる時は、逆に絶好のチャンスだ。自分を憎んでしまう前に心の網を見出せるから。**そして網を作り出した子ども時代のあなたに言葉をかけてみてほしい。私が子どもの頃の自分にこう話しかけたように。

「運動会はあなたが主役。他の誰かのために頑張らなくたっていい。他人に認められなくてもいい。具合の悪い弟の分まであなたがしなきゃいけないことなんて何もない。あなたに義務があるとしたら、それはあなた自身が幸せでいることだけ」

DAY 6
子ども時代の自分に話しかける

1

☑ 幼少期に経験したことで、今も記憶に残る辛い出来事を思い出す。

2

☑ その状況に立ち戻り、当時の幼い自分に言ってあげたい言葉を書いてみる。

3

☑ 朝起きたら、すぐに子どもだった頃の自分に応援メッセージを送りながら一日を始める。

DAY

7

起床後すぐに凝った部分を探して、十分にストレッチする

正しい姿勢で痛みの半分が消える

私は獣医師だ。「獣医師」といえば、どんな姿が思い浮かぶだろうか?

動物病院で働く獣医師は、その大多数が似たような格好をしている。通常スクラブと呼ばれる青系ユニフォームの上に、白いガウンを着て、ガウンの上ポケットには医療用ペンライト、体温計、サインペンなどを入れて歩き回る。そして首にはいつも聴診器をぶら下げている。動物が診療室に入れば、必要な物ばかりだ。

でも、私は働く時、首に聴診器をかけておくことはない。

慢性的な首の痛みがあるからだ。聴診器を首にかけると、30分も経たないうちに首の後ろが切れてしまいそうに痛み、さらに時間が経つとひどい頭痛を感じる。

必需品にもかかわらず身につけていると辛いので、聴診器をいくつか購入して診療室ごとにすぐ手の届く場所にかけておく。

一般に「お団子ヘア」と呼ばれるヘアスタイルもできない。髪が長く量が多い方なので、頭のてっぺんに髪を高く結ぶと、重さのせいで後ろ首が痛くなってしまうからだ。

こうして首が痛む理由は、もともとその部分が弱いからだと思い込んでいた。

ところが、何年か前にピラティスを習った際、どうしてこんなに首の痛みが出るのか、ようやくその理由がわかったのだ。

それは、私がいつも体を縮こまらせて歩き回っていたからだった。

ピラティスの先生は、「スマートフォンの見すぎや机に長時間座っている習慣のせいかもしれないですが、精神的な習慣かもしれませんよ」と教えてくれた。ストレスを受ける出来事が生じると、私は首と肩をすくめて過度に力を入れる癖があるという意味だった。

知らず知らずのうちに体に染みついた小さな癖が慢性痛につながっていたのだ。驚くべき新たな発見だった。

自分の体を観察できるのは、自分しかいない

私にピラティスを教えてくれた先生には、運動面の指導でも大変お世話になったが、それ以外にも生活習慣や心の持ち方を大いに学ぶことができた。

よく眠ること、よく食べること、さらに同じ状況でもストレスを受けない方法など。いくら運動をしても、薬や健康機能食品を摂取しても、基本的な生活習慣が崩れているなら健康的に改善しないと言われた。

また、自身を常に観察する習慣を取り入れるように強く勧められた。今の自分の気分はどうなのか、姿勢はどうなのか、体のどの部分に痛みを感じるのか。よく見つめて、もし問題があるなら早めに解消すべきとのことだった。

明るい表情と堂々とした姿勢、はきはきした話し方が印象的な先生だったが、おそらくそういう生活習慣が先生特有の気品を醸し出しているのではと思う。

先生の言う通り、正しい姿勢と習慣は、正しい心と非常に密接な関係がある。

一時期人気を博した本『生き抜くための12のルール』（ジョーダン・ピーターソン著、中村宥訳、朝日新聞出版、２０２０年）に出てくる最初の法則は「胸を張ってまっすぐ立つ」ことだ。

内容を簡単に要約すると、胸を張り、堂々とした姿勢を取るだけでも様々なホルモンが作用し、勝者の心持ちになれるということだ。

ところが、正しい姿勢をキープすること、そして自分の体を頻繁に観察することは、言うほど容易ではない。どうしてだろうか？

子どもの面倒を見るように内省する

それは内面ではなく外にだけ目が向いているからだ。

私を含め、多くの人は外での達成感を追い求めることに忙しく、内面を覗き見ない。

今すぐ解決すべきこと、達成すべき目標が常に目前にあり、内面を見る余力がないのだ。目標をひとつ達成すれば、また次の目標が目前に迫ってくる。自分より多くのことをこなす人々が目につき、自分にも新たな目標が生まれてしまう。言うまでもなく、目標を達成するために努力すること自体は悪いことではない。

問題は、その過程で自分の外界にだけ目が奪われていることだ。**自分を振り返れなくなると、どこが痛いのかさえまともに把握できない。**本当に忙しい時などは、辛いことにも気づかず働き詰めてしまう。このような理由から、週末に体の節々が痛いという人が多いのだ。

自分自身を観察することとは、子どもの面倒を見るように自分の世話をすること。子どもが泣いたら最初にすべきことは、どうして泣くのか訊いてみることだ。でも私たちはどうだろうか？

体が痛いと悲鳴を上げても、その声に耳を傾けない場合が多い。自分の体と心が、今感じている不調を無視したまま、達成感を味わうために外部にだけ視線を固定しているからだ。

目標達成前に、自分をいたわるなど贅沢だと考えている人もいる。

これは子どもが空腹で泣いているのに、明るい音楽を大音量で聴きながら泣き声をかき消しているのと変わらない。

自分で自分の面倒を見たいなら、とにかく体が自分に送るメッセージを見逃さないこと。

何かに集中する時、歯を食いしばる癖があって顎が痛む人もいれば、私のように首や肩をすくめる癖のせいで首や肩に痛みが出る人もいる。モニター画面を長時間見過ぎるから目が乾燥して疲労するのではないか、睡眠不足で慢性疲労に悩まされているのではないか、自分自身をよく観察してみよう。

自分自身と会話することを怠らない

幸せだと思っている人には、自分に与えられた目の前の仕事だけに集中するのではなく、自分を省みて定期的にチェックする習慣がある。

始めに目標を定めた頃を思い出してほしい。その目標を叶えれば幸せになれそうで、という切実な思いでがむしゃらになっていなかっただろうか。就職活動に成功すれば幸せになれそうで、売り上げ目標を達成すれば幸せになれそうで……。

でも、肩や首が痛むあなた、ストレスを受けているあなた、まともに睡眠時間を取れずに仕事をし続けているあなた、慢性疲労に悩むあなた。

こんなあなたが、幸せな状態でないのは明らか。

未来で達成される目標は不確かだが、現在感じている不幸は紛れもない事実だ。今、自分の幸せを優先したとしても、達成すべき目標が逃げていくわけではない。

自分を観察するということが、どういうことなのかわからない人は、次のように自問自答してみてほしい。


私は今、幸せ？

今、私がしている仕事に満足している？

大切な人と一緒に時間を過ごしている？

体のどこかに痛みを感じていない？

常にストレスを感じる仕事はない？


自分を大切にしている人は輝いている。私のピラティスの先生のように。

そして光を放つ人の周りには人が集まる。


さあ、胸を張って、勝者の姿勢を取ろう。

姿勢を正すだけでも痛みは緩和され、自信が出てくる。

そして朝起きてすぐ、自分の体の隅々まで感覚を集中させ、どこか痛みはないか耳を傾けてみよう。

もし、少しでも痛みが感じられたら、その部分をマッサージし、ストレッチしてあげること。固くなった筋肉は、自分のストレスを反映しているともいう。

筋肉が凝っているか、なぜそこが凝っているのか、よく考えながら自分の体の話を聞いてあげよう。

DAY 7
体を点検し、ストレッチする

1

☑ 朝、目を開けたら大きく鼻で息を吸い込み、口から吐く呼吸を3回繰り返しながら、体に酸素を行き渡らせる。

2

☑ 深呼吸をする過程で、体の隅々まで神経を集中させ、痛いところがないかチェックする。

3

☑ 痛みを感じる部分があれば、その部分を集中的にストレッチする。

4

☑ 今日一日、痛いところをケアすると自分に約束する。

DAY

8

夢を叶えるために今日の自分にできるいちばん小さいことを思い浮かべる

今この瞬間だけに集中すれば達成できる

私は数年前に水泳を再開し、三年以上趣味としている。

水泳は本当に楽しいスポーツだ。早朝の水泳教室で様々な人と出会い、水泳から端を発して他の水上レジャーもいろいろできるようになった。

水泳は運動としてもいいが、水中にいるだけで体を瞑想に入れる状態にしてくれるというメリットもある。

力を入れると体は沈むのに、力を抜いて流れに身を任せることで、初めて体が自由になれる場所、まさにそれが水中だから。

水中でありったけの力を使い、がむしゃらに泳いでいると、周りからは全く優雅には見えない。遠くから眺めたら、あたかも助けを求めて叫んでいるかのようだ。

それに比べて水泳の上手な人を遠目にすると、ムービングウォークでもしているかのような動きで水上を音も立てず滑っていくように見える。

力まずに心を空にすることで、ようやく物事がうまく運ぶという原理は、人生とも共通点がある。

こうした理由から水泳を楽しむ私にも、苦手な泳ぎがひとつある。長距離水泳だ。私は小さい頃から水を全く怖がらなかったおかげで、水泳、フリーダイビング、ウェイクボードなど、水中のスポーツを数々楽しめている。ところが、長距離水泳だけは、途中で息が詰まりそうになって水が怖くなる。それで、本能的に壁やレーンを掴んで体を起こしてしまうのだ。

インストラクターからウォーミングアップとして50メートル4往復以上の指示を出されると、ため息が溢れる。そんなある日、インストラクターが長距離水泳をより楽にできるヒントを教えてくれた。その秘訣はとてもシンプルだった。

「細かい動作にもっと集中すること」だった。

腕の動きひとつ、足の打ち方ひとつを、より正確にすることに、また水を捉えて押し出す感覚に、もっと集中する。そうすれば、長距離水泳が今ほど辛くなくなるというのだった。私はその言葉をにわかには信じられなかった。姿勢を整えても、いきなり心肺機能が向上して息が苦しくならなくなるとは到底思えなかったから。

ところが不思議なことに、インストラクターの言葉が正しかったと判明した。

私は長距離を泳ぐ時、目標の距離を定めると、あと何往復残っているかばかりを気にしていた。だから息が詰まってとにかく苦しいという感覚に陥り、頭を上げてはどれだけまだ残っているか、しょっちゅう確認していたのだった。

それが、クロールの時には、腕を回すことだけ、バタ足を打つことだけを、頭を回して呼吸をする時は、呼吸することだけに集中してみたら、いつの間にか反対側の壁に到着していた。


今、この瞬間に集中していたら、時間があっという間に過ぎてしまったのだ。

壮大な目標ではなく、今日すぐにできること

プールのレッスンでは、長距離水泳を繰り返すだけでなく「ドリル」と呼ばれるも

つの動作だけを繰り返す特訓のことだ。水泳のドリルとは、一般的にとても小さく、具体的なひとつの動作だけを繰り返す特訓のことだ。

腕の動作全体を練習するのではなく、指先の力を抜く方法、肘を正確に水から抜く方法、肩を前に押し出す方法といった細かい練習を集中的にする。

普通は1回のレッスンでひとつ、あるいは、多くても2つのドリルを習う。

一度に習うドリルが多すぎるとすぐに体力が尽き、動作を体に覚えさせることがより困難になるからだそうだ。

考えてみれば、それは水泳だけにあてはまることではない。

私たちが人生で重要な目標を立て、それを叶えるために努力する過程もこれに似ている。長距離水泳のように、すぐに叶えるのがなかなか難しい目標は挫折しやすい。

今の自分の立ち位置と目標との開きだけが目について仕方がないからだ。

自分は１００を目指さないといけないのに、今いる場所は5にしかならない。

あと95も進まないといけない、との考えに陥れば、くる日もくる日も計算ばかり。

結局、疲れ果てるしかない。

勉強嫌いな学生が教科書1ページ読み進める度に、試験範囲まであと何ページあるかと後ろをパラパラめくってみるように。勉強しつつ、あるいは運動しながら、あなたはそんなふうに行動していないか、一度考えてみてほしい。

もしそうだとしたら、あなたは目標を細分化すればいいだけだ。

あまりにも大きい目標を立てて、日々ストレスを受けるのではなく、一日にひとつ、今すぐできる小さな目標を作る。それをやり遂げて満足感を得てほしい。

プールで一日ひとつのドリル練習を習うように。

自分自身への信頼の証を積み重ねる

今日一日、自分が決めた小さな目標を、毎日達成できるとは限らない。

一日中とにかく忙しい、または気だるい、ただなんとなく一日が流れる、こんな日もある。

それでも今日できる小さい目標をひとつ考えておくことは、大きな意味を持つ。

目標のために自分ができることが日々あり、だから十分に変化を期待できるのだと確認できるからだ。

こうして毎日小さい行動を積み重ねると、達成すること自体が現実味を帯びてくる。もともと何かを信じるには根拠が必要だ。

「私にはできる！」と叫ぶことよりずっと大切なことは、いくら小さい目標といえども、それを達成できる自分の姿を確認することなのだ。

スポーツ選手や試験に合格する人々のインタビューを聞いてみると、ひとつの共通点が浮かび上がる。それは不安な時は体を動かすということ。

たとえば、「今シーズンの大会はうまくいくかな？」と心配になる時は、一球入魂して練習に没頭するという話だ。私もまた、未来に不安がよぎる時は同じ行動を取る。「うまくいくだろうか？　夢は叶えられるだろうか？」という考えが浮かびかけたら、すぐに体を動かせばいい。

考える時間に本を1文字だけでも多く読み、1文字だけでも多く書く。

1ページだけでも多く読み、1文だけでも多く書くのだ。

それがまさに自分を信じさせてくれる証となる。

毎日自分を信じられるだけの証拠が積み重なると考えてほしい。
この証が積み重なるほど、確かな自信が築かれるのだ。

最小単位で自分ができることをやってみる

さあ、自分自身を信じられる証をひとつ作ると思って、今日できることをひとつ決めてみるのはどうだろうか？

要は、自分の夢を叶えるために最小単位でできることをやってみるのだ。

ちょっと頑張るだけで達成感を得られる「最小単位のこと」を決めれば「自分自身を信じられる証」を楽に手に入れられる。

また、実際に始めてしまえば、目標よりずっと多くのことをこなせるというメリットもある。

私は獣医師になった初年度にYouTubeを始めた。

新米だから勉強すべきことも山積みだったが、毎日、日常を撮影して動画をアップロードしていた。すると自然に勉強内容をメインにしたＹｏｕＴｕｂｅｒチャンネルになった。チャンネル視聴者にもっとも多く訊かれた質問のひとつに「勉強したくない時はどうしていますか？」というものがあった。

私はその度に、机に向かって「今日は目次だけ読むことにしよう」「今日は定義だけでも読もう」と心に決めて始めると答えている。

ところが、いざ机に向かって本を開くと、目次だけ読むのは惜しいから数ページ読んでしまい、定義だけ読むのもなんだから、予定より１ページ、２ページ多く読んでしまう。

こんな流れに乗ってしまうと、目標をかなり低く設定していた自分に気づくのだ。自分に対する信頼をもっと厚くできるのは言うまでもない。

もちろん、目標通り２、３ページだけ読んで本を閉じてしまっても構わない。

このプロセスを踏む際、もっともよく見られるミスがある。

それは準備時間をかけすぎること。

多くの人は綿密な計画を練ってから実践に移そうとする。たとえば、筋肉トレーニングを目標としているのに、いいジムを探すのに時間を遣いすぎる。地元のジムを一斉検索にかけ、口コミを読んで料金の比較を繰り返す。

この準備段階が長すぎると、「今何かしている」という気分に浸れるかもしれないが、実際は筋トレを先延ばしにし続けているだけだ。

だから、今日一日の目標には「ジム探し」ではなく「ジムを選んで登録」あるいは「腕立て伏せ10回」の方がいい。自分で実際に動いて実行できる目標を立てよう。

さて、あなたの最終目標は何だろうか？　夢はあるだろうか？

その夢を叶えるために、行動がうまく実を結ばず悔しい思いをしているのでは？

それなら、朝、目を開けたら今日自分がすべき最小単位でできる何かを考えてみよう。

そして、さっそく今日からそれを実践しよう。

DAY 8
すぐできることを実行する

1

☑ 朝目覚めたら、自分の夢をもう一度確認する。

2

☑ その夢を叶えるために、今日すぐにできる最小単位のことは何か考え、決定する。それは、今日中に実行できる具体的かつ現実的なものでなくてはならない。

3

☑ 朝に決めたことを今日中に実践し、達成感を味わう。

DAY

9

あなたが好きなことと嫌いなことを3つずつ書き出す

好きでもないものを好きだと思い込んでいない？

ピクサー映画〈マイ・エレメント〉には、父親の店を受け継ぐのが一生の夢だった主人公エンバーが出てくる。エンバーはその夢のために幼い頃から仕事を覚え、ひたすら努力する。しかし、社長の厳しい教えを耐え抜いたある日、エンバーは店を受け継ぐのは父親の夢に過ぎず、自分の夢ではないことに気づく。彼女は、父親の全部であり夢だった店を、一人娘の自分が受け継がなければという義務感から、自ら店の仕事が好きだと錯覚していたのだ。観客の多くがエンバーの姿に共感した。

意外に多くの人がエンバーのように「自分は何を好きで、何が嫌いなのか」をはっきりとは知らない。自分の好みを選べるチャンスがあまりない環境で育ったせいだろうか。

また、露骨に選り好みをするのも礼に反する、とされる社会通念の影響もあるだろう。もしかしたら食べていくことに精一杯で、自分の好みについて考える余裕さえなかったのかもしれない。そのような場合、好きな仕事だけでは生きていけないから、好きだ嫌いだとあえて区別しないようにしがちだ。

まるで偏食はよくないと刷り込まれたように。

好きでもないのに好きだと、嫌いでもないのに嫌いだと錯覚することは誰にでもある。それは他人の趣味に影響されるせいだ。

自分は歩くのが嫌い、でも恋人が歩くのが好きなら、自分も歩くのが好きだと思い込む。

友達がみんな野球好きなら、会話についていくためにたいして好きでもない野球観戦に興味を持つ。

身近な人の期待に応えるために自分を欺いたりもすれば、自分がなりたい姿は自分が好きな姿だと勘違いしたりもする。

はたまた、実際には朝方タイプの人間ではないのに、朝早起きして一日を始めることが成功者の見本だと自分に言い聞かせながら「私は朝に仕事がはかどる」などと自分を騙す。

自分にインタビューしてみよう

何が好きか嫌いかは、その日の気分と状況によっていくらでも変わり得る。**ただ、自分が好きなこと、自分が好きだと錯覚すること、たいていの人は好きでも自分の性に合わないこと、これらは鋭く区別するべきだ。**

そのためには、自分をよく観察するプロセスが必要になる。

私の場合、自分をよく観察した結果、好きなものとそうでないものは次のようになった。

【好きなこと】ほとんどの競技系スポーツ、みんなで楽しむボードゲーム、手書き、カフェでの一人の時間、動画撮影

【意外と好きではないこと】音楽を聴くこと、散歩、食べ歩き、写真撮影
【嫌いなこと】室内での有酸素運動、オンラインゲーム

自分の好き嫌いについて深く考えると、だんだん好みが具体化してくる。

たとえば、私は運動嫌いだと思っていたのに、実際は室内で黙々と運動するのが好きではなかっただけ。グループでの屋外スポーツは、たいてい何でも好きだと遅ればせながら知った。

また、写真撮影や動画撮影は似ているように見えるけれど、私の場合、写真撮影はあまり性に合わず、動画撮影は大好きだ。

オンラインゲームやモバイルゲームは一年に3時間にも満たない程度で、別に好きではない。ただ、みんなで集まって一緒に楽しむボードゲームは好き。

旅行に行き始めた頃は、他の人がSNSにアップするグルメ店の写真を参考に、私も食べ歩きルートを考えたこともあった。いっとき、食レポ旅行まで試みた。でも実際に、何回か旅行に出かけてみると、自分には合わないと悟ったのだ。

遠くの旅先で、そこでしか味わえない料理を口にできず、そのまま帰るはめになっても、私はさほど残念がる人間ではなかったと気づいたのだ。

こうして私が好きなことと好きではないことについて考えてみると、好みのカテゴリーは大きく2つに分けられるとわかった。

実は、私は五感を刺激することに大きな興味が湧かない人間だった。

音楽鑑賞、美しい絵画がずらりと並ぶ展覧会、美味しい料理などにはたいして関心がない。それに対して、面白い話にはものすごく惹かれる。だからコンサートや演奏会より、プロットのある演劇やミュージカル公演が好きだし、展覧会に行くより面白い本を読む方がずっと楽しい。歌だったら、リズムや音に乗れるものより、歌詞が素敵な曲が好きなのだ。

自分の好き嫌いを知ると心が安定する

では、好き嫌いをこう明確に分けることに、果たしてどんな意味があるのだろうか？

それは、自身の感情が予測できることで、感情の起伏が減らせるという大きな変化

が見られるようになることだ。

すでにお話した〈マイ・エレメント〉のエンバーの話に戻ってみよう。

エンバーは店を受け継ぐことが自分の夢だと固く信じていた。しかし店の手伝いをしていたところ、自分でも気づかずにイライラし、怒りが込み上げるという経験をする。どうしてこんなにイラつき、怒りが込み上げるのか自分でもわからないまま、ただ「私は感情の起伏が激しく、短気だ」と自分を責めるだけ。

けれど、彼女のイライラと怒りは内面から出る一種のサインだった。「今、していることは、本当にあなたの望むことなの？」という信号が心の奥底から送られていたのだ。

もし自身が本当に望むことをしていたなら、日々ちょっとくらい辛くてもそんなにイライラしたり腹を立てたりはしなかったはずだ。

したくもないことをするから、わけもわからない怒りが込み上げ、とんでもないところで八つ当たりをするのだ。

好き嫌いを正確に知っていることだけで、こういう事態を減らせる。心がずっと安定することは言うまでもない。

あなたが自分の恋人だったとしたら？

私たちは社会的動物だから、いつでも他人の関心や愛を求めている。恋人や家族、友達が自分の心を読み取って配慮してくれることを望む。

でも、いざ自分自身のこととなると、心を汲んで、気遣うことなどほとんどできない。

恋人が、自分の好きなことを自分よりもわかって、合わせてくれたらと恋人に淡い期待を寄せるだけ。自分ではどうにもできない。

だから今日は、あなた自身を、あなたが愛する恋人だと思ってみよう。付き合い始めたばかりで、超熱々のカップルを想像してほしい。

相手が何を好きなのか、何が嫌いなのか、四六時中気にかけ、相手が好きなことを頭に入れておく。そして、いつかその好きなことで相手を喜ばせたいと思いはしないだろうか？

そんな時期の心で、自分自身にも向き合ってみてほしい。

最初は自分が何を好きなのか、あまり浮かんでこないかもしれない。ただ何もしないで横になっていたいと思うかもしれない。**それでも構わない。これからひとつずつ探していけばいいのだから。**

思いつかないということは、今まで誰にも、何が好きか嫌いかを訊かれなかったからかもしれない。

それならばなおさら、愛する恋人に接するごとく、「何が好きで何が嫌いなの？」と自分に訊いてみる時間を作ってほしい。

最初は慣れないかもしれない。でも質問をすればするほど、返事をすればするほど、好きなことリストと嫌いなことリストが増えてくるはずだ。

とはいえ、好きなことだけをして、嫌いなことは絶対にしないように、と言いたいのではない。

本当に好きなことをするようになれば、嫌いなことにももっと寛大な心を持てるようになる。

もしも、時間が足りないせいでこれまで好きなことができなかったと思うなら、好きなことをする最小限の時間を無理にでも作ろう。一週間でたった1時間でもいい。

また周囲の誰かが好きなことのうち、自分も惹かれるものがあるなら、それにトライしてみるのもいい。一人で行うのが大変なら、その人にアドバイスを求めてもいい。経験の幅が広がるほど、今まで知らなかった自分の好みを発見する機会も増える。新しいことに挑戦してみなければ、あなたのうちに潜む可能性を発見することはなかなか難しいと覚えておいてほしい。

これまでの話を整理しよう。

第一に、したいことをする時間を捻出すること。

第二に、新しいことに挑戦しながら自分の好みの幅を広げること。

このような小さな努力が重なると、ある瞬間、自分の人生は豊かな木のようにたくさん実を結ぶのだ。

さあ、そのためには、まずあなた自身に問いかけることから始めよう。

DAY 9
好き嫌いをリストアップする

1

☑ 今日はあなたを自分の恋人に見立てる。

2

☑ 朝起きたらあなたの恋人（自分自身）が何を好きで何が嫌いなのか、よくよく考えてみる。

3

☑ ランチタイムを利用して、自分の好きなことと嫌いなことを3つずつ、紙に書き出す（よくわからない場合は、ひとつだけでもいい。ただし、周囲の人の期待や好き嫌いに影響を受けていないか気をつける）。

4

☑ 今日一日、あなたが好きなこと3つのうち、実践できそうなことをひとつしてみる。その反対に、嫌いなことはしないよう努力する。

5

☑ 今後、気づいた時に、この好き嫌いリストの内容を拡充する。

DAY

10

今日一日、見知らぬ人に親切にすると心に誓う

危機の瞬間に現れた恩人

私はいじめに遭ったことがある。

小学校6年生の時のこと。どこのいじめでも同じように、始まりはいかにも単純なことだった。加害者の生徒は、私がペアを組んだ子が好きだったのに、私がそのペアの子を交代してあげなかったのが理由だ。私は先生の言いつけをよく守る生徒だったので、先生が許可するのなら替えてもいいと話した。それが気に食わなかったのか、その子は週末になると近所の中学校前にある、人通りもまばらな路地に私を呼び出した。

約束の場所に出向くと、卑怯にもその子は、図体の大きい生徒たちを5~6人従えていた。あらゆる暴言を浴びせながら、殴ろうとするしぐさまでして圧をかけてきた。私は泣くまいと必死に堪えた。私たちはクラスメイトだから、私が先に泣き出したら本当に被害者になるという本能的な意識が働いたようだった。

そうこうして30分、あるいは1時間ほど過ぎた頃だろうか。

人通りの少ない裏通りに、車が一台現れた。

その車は私たちを素通りしかけてすぐに止まり、車から見知らぬ夫婦が降りて来た。後部座席には私と同年代の男子生徒が一人座っていた。

そして、助手席から降りてきたおばさんは、激怒しながら大声を出し始めた。

私に近づいて来て、「この生徒たちにいじめられているの?」と確認すると、あたかも自分の子どもに対することかのように顔に青筋を立てながら神経を高ぶらせた。


私が加害者の立場だったら、怖くて涙が溢れたに違いない。

おばさんはおじさんに、「今すぐ警察に通報して」と大声を出し、その子たちの腕を掴み、警察に行くんだと車に無理やり乗せようとした。すると、クラスメイトは車に乗せられないようにあがきながら、「すみませんでした」と許しを請うたのだった。

今思えば、加害者の生徒たちもまだ小学生だったから、おばさんの行動は加害者の生徒たちを懲らしめるには十分だった。

しばらく叱り続けたおばさんは、加害者の子たちの目の前で私に名刺を一枚渡しながら、「あの子たちが、もしまたいじめるようなら、この番号に必ず連絡するんだよ。私の知り合いが警察にも、検察庁にもいるからね」と言い添えた。そして私が最後まで「大丈夫です」と言ったにもかかわらず、私の家の玄関まで送ってくれたのだった。

その事件後の月曜日、学校に行くとその加害者の子は豹変して私に優しくなった。その子とはもう仲良くできなかったけれど、それ以降、私は再び以前と変わらない平穏な学校生活を送ることができたのだった。

親切は巡り巡ってくるもの

昨今の校内暴力事件を見ていると、あのおばさんは私にとって恩人以上の存在だったと感じる。

もしあの日、あの路地で、あのおばさんが現れてくれなかったら、私はどうなっていたんだろうか？　果たしてあの日のいじめが最後になっただろうか？

おそらくあの日、おばさんが現れていなかったら、私は翌週も、また中学校、高校に進学してもずっといじめに遭っていただろう。ほとんどの校内暴力がそういう傾向にあるのだから。そしていじめ続けられていたら、私の人生はまるっきり違うものになっていたはずだ。

あの日、私はおばさんの名刺を受け取ったけれど、あまりに幼くてお礼を言う考えにすら及ばなかった。もちろん感謝していた。でも、おばさんが私に取ってくれた行動がどれほどすごいことだったのか、知る由もなかった。

今さらながら、彼女を訪ねて心から感謝していると、一人の人生を変えてくれたと、命を救ってくれたと、あの日親切にしてくれたおかげで立派な大人になれたと伝えたいのに梨の礫《つぶて》だ。

私にとって一生のお願いのひとつは、彼女を探して「ありがとうございました。あの日、あなたのおかげで私は救われました」と真心を込めた一言を伝えることだ。

ところが、数年前のある日のこと。

私のこんな話を聞いて、先輩はこう言ってくれた。

「必ずしもその人を探し出してお礼をしなくてもいいんじゃない？　見知らぬ人に助けられたんだから、ハンビンだって見知らぬ誰かにその恩を返せばいいんだよ」

この言葉を聞いて、私はなんだかほっとし、その後は少し親切な人になれた気がする。

あの日、私を助けてくれた人に恩返しをするつもりで生きていこうと決めた。

もし辛い目に遭っている人がいたら、知らんぷりするのはやめようと心に誓った。

私の行動ひとつが誰かの人生を変えることになるかもしれないから。

よくよく考えれば、何も大げさに捉えなくてもいい。

ただ見知らぬ人に小さな親切をすることで、気分を良くしてもらえるなら、私がもらった助けの１００分の一、あるいは１０００分の一でも恩返ししたことになるのではないだろうか？

助けを必要とする人を見かけたら、素通りしないこと

私の話は少し一般的ではなかったかもしれないが、あなたもきっと今まで親しい人から、または通りがかりの誰かに、何らかのかたちで助けられたことがあるはずだ。

今すぐに思い出せなくても、記憶の中にいくつか残っているに違いない。

いくら考えても思い出せなければ、あなたがまず見知らぬ誰かを助ければいい。必ずしも先に助けられる必要はない。まずあなたから誰かに手を差し伸べて、いつか誰かに助けられた時には、それを快く受け取るのも悪くない。

最近は見知らぬ人を助けたり、見知らぬ人に助けられたりするのが苦手な人たちも多いようだ。特に、知らない人に親切にされると、むしろ警戒心が働く。


だから、大きな助けでなくていい。

公共の場で、あなたの後から来る人のためにドアを開けておいてあげるとか、前の人が財布を落としたのを見たら、拾って教えてあげること程度はいくらでもできる。

私はこの先、困っている人や助けを必要とする人がいたら、知らないふりはやめて助けよう、こう自分に約束した。

もうこの約束を、読者であるあなたとも共有したので、自分との約束ではなく、公的な約束になった。

あなたも、「助けを必要とする人に手を貸す」ことを私と一緒にしてみるのはどうだろうか？

DAY 10
他人に親切にする

1

☑ 今まで、見知らぬ人に助けられたことを思い出す。

2

☑ 朝、起きたら今日の「親切プロジェクト」の内容をひとつ決める。
どんな小さなことでも構わない。

例

・エレベーターに乗ろうとする人を見かけたら、「開ける」ボタンを押し続け、その人が乗るまで待つ。
・隣の席の同僚が床に物を落としたら拾ってあげる。
・後から来る人のためにドアを持って開けておく。
・電車で席を譲る。
・出勤して初めに会う人にコーヒーを一杯差し出す。

さぁ、あなたの「親切プロジェクト」は？

3

☑ あなたが誰かから受けた厚意や親切を、他の人に恩返しできることに感謝する。

DAY

11

良文を紙に書き写す

手書きは好き？

私は手書きが好きだ。書写でも日記でも手で書くのが好き。

スケジュールはスマートフォンのカレンダーを一緒に使うが、基本的には卓上カレンダーに記録したいタイプだ。

あなたは「カムチ」を知っているだろうか？

私が学生の時は、宿題をしなかったり校則に違反したりすれば、先生から罰としてカムチをさせられた。教科書にある文章をノートにびっしり書き写さないといけない。ほとんどの友達がカムチは骨が折れると嫌がっていたが、私は別に嫌いではなかった。それほど手書きが好きだったのだ。勉強していても集中できず、頭に入ってこない時は、落書き帳に書き写しながら暗記したり、理解したりした。

手で何かを書くと、自然に集中できるようになり、頭にもすっと入ってくる気がする。

大人になってからも、友達とオンラインで書写会を開いたことがある。本を読んでいい文章を紙に書き写し、写真を撮ってシェアするのだ。本の中で、いちばん心に深く響いた文章を選び出して交換するもので、本当に楽しかった。

手にすべての感覚を委ね、書く行為にだけ集中する

書写は、執筆のように高度な思考活動ではない。

創作ではなく、もともとある文章を全く同じように書き写すことだから。

考えを文章で表現することが苦手な人は、まず書写から始めるといい。

私はもっと洗練された文章を書けるようになりたくて書写することもあれば、いい文章を頭にしっかり植えつけておきたくて書写することもある。

また読み返したい文章を抜き出して書き留めておき、折に触れて何度も読み返す。

私よりも前に、もっと深く考えていた作家の考えを窺い知ることができるからだ。

書写は、文字だけ書き写すのではなく、作家の洞察まで自分のものにできるいい方

法だ。

書写を通じ、文章を一層深く噛み締めて読むことができ、次第に自分の考えと一体化させることが可能となる。

また、書写は思考範囲を広げる行為であり、本をもっとも楽しみながら、ディテールまで深く読み込むことができる方法でもある。

もちろん文章力や語彙力も上がり、正しい文章の書き方の勉強にもなる。


書写にはさらにひとつメリットがある。

それは一種の瞑想の役割をしてくれるということだ。

長文を書き写すプロセスは、思っている以上に時間がかかる。

すべての感覚を手に委ね、長時間、書く行為にだけ集中する過程は、瞑想に入っていく時と似ている。

私のように雑念が多く、ひとつのことに集中がうまくできない人には、このようなひとつ所に集中できる瞑想の時間はとても重要だ。

書写する瞬間、雑念が消える

私が初めて瞑想に挑戦した時、うまく集中できず、ものすごく苦労した記憶がある。あの時は体をじっとさせていることも難しく、考えを止めて呼吸にだけ集中することもままならなかった。体がうずうずし、精神は呼吸につなぎとめておけず、はるか遠くへ飛んでいってしまった。

「昨日のカレーライスは本当に美味しかったなあ……」「もしかしたらあの男性、私のことが好きかも……？」「部屋の本棚には本が入りきらないから、もっと大きいものに新調したい……」「あのカフェは何時に閉まるんだっけ……？」といったありとあらゆる雑念が牛の群れのように頭の中にどどっと押し寄せてきた。

どうしたら座った姿勢のまま、頭を空っぽにすることなどできるのか、皆目見当もつかなかった。その時瞑想の先生が、薄い本を一冊私に手渡しながら、最初から最後まで全部書き写してくるように言ったのだ。瞑想に関する本だった。

その日以降、手書きで書くのが好きな私はコツコツ書写に勤しんだ。

何も考えず真面目に宿題をこなしていたある日のこと。

本を書き写している瞬間、今書いている文章以外には何も考えていない自分自身に気づいたのだ。ひとつのことに集中するのが苦手な私に、書写する瞬間は、心にとても大きな平穏をもたらした。


それ以来、私は心に安らぎが必要な時は、延々と良文を書き写すことが多い。

ストレスを感じたり不安になったりすると、爪を噛む人がいる。これは、手で行う単純な反復動作が神経系を活性化し、精神的な安定の助けになるからだという。

このような理由からか、最近では多くの精神健康医学の専門医たちが、自閉症やADHD、認知症などの患者に、補助的治療の一環として書写を活用しているという。書写が不安な心を整える道具として、すでに科学的にも認められているのだ（＊1）。字に癖があり、普段からコンプレックスを持っているなら、なおさらお勧めしたい。

原稿用紙、またはマス目のある紙に一文字一文字、丁寧にゆっくりと書いて楽しむ習慣を取り入れれば、字をきれいに書くことにも大いに役立つ。

自分の好きな文章を書いてみる

では、書写はどう始めればいいのだろうか？　とりあえず書写する本から選ぼう。**書写に適当なものは、言うまでもなく心に深く響いた本がいい。あるいは、作家の考えに近づきたいと思う本があれば、それでもいい。**

本の中の良文だけを選んで書き写してもいいし、一冊の本を最初から最後までまるごと書き写してもいい。

本当に時間がかかるかもしれないが、「人生の書」として呼ぶにふさわしい本があれば、挑戦してみるのも悪くない。

短時間にすべて書き写すことを目標とせず、自分が好きな本を噛み締めて読み進めることを目的に、毎日ほんの少しずつ、時間を決めてゆっくりと書き写すのだ。

私の人生の書は、エックハルト・トールの『ニュー・アース』（リュー・シファ訳、錬金術師、２０１３年）だ。この本を最初から最後まで最低5回は読んだ。

5回読んだだけでは足りず、最近この本を全部書き写すことに挑戦している。かなり分厚い本なのでこれからも時間がずいぶんかかるだろう。それでも、すべての文章を噛み締めながら心に刻んで私のものにしたい。

一冊の本をひたすら書くことに対して自分を持て余すようなら、とにかく好きなものから書くといい。興味があるなら続けられる。負担に思わないことも肝心だ。コツコツと書きたい分だけを書き、疲れたらペンを置く。新聞や雑誌で見つけた短いエッセイでも、映画のセリフ、詩や歌の歌詞でも構わない。

ノートやスケッチブックに書いても、タブレットPCに電子ペンで書いても問題ない（ただし、キーボードでタイピングするのはお勧めできない）。きれいなペンで書いたり、素敵なダイアリーに書いたりして、気分を上げたり、自分なりのこだわりを反映させたりするのも得策だ。書く時に、気分が良くなり、満足感があれば習慣化されやすく、長く続けられるからだ。

ただし、きれいに書くことだけを気にしすぎると本末転倒になってしまう。きれいに書けなくて何度も書き直すようなら、本来の書写の意味を思い起こしてほしい。

鉛筆を持つ姿勢が悪いなら、それから矯正するのもいい。

私は子どもの頃からペンを正しく持てず、中指と薬指の間に挟んで書く癖がある。力を入れすぎて、ぎゅうぎゅう押しつけて書くタイプでもある。このような書き方は、指と手首に負担がかかり、肩が凝りやすく、長く書き続けるのは難しい。だから長く書写する時だけでもきちんとペンを持ち、力を若干抜きながら書くようにしている。

ちょっとぎこちなく、書体もきれいだとは言えないが、無理なく書き続けられる。

今日一日は、紙に自分の好きな文章をひとつ書きながら始めてみるのはどうだろうか？

心も満たされ、書けば成果として目に見えるので、達成感まで味わえるはずだ。

書き終えた文章を一人で読むのが惜しいなら、写真を撮って友達にもシェアしてみよう。

いつもとは一味違う楽しみ方ができるはずだ。

＊1　「『ヒャンギ博士 脳の問題の話』脳と文字を書くことの関係は？」（『ヨンナム日報』、2021年7月19日）

DAY 11
良文を紙に書き写す

1

- ☑ 日頃から好きな本や文章、歌詞やセリフに巡り合ったら、その都度、文章をピックアップしてどこかに保存しておく。

2

- ☑ 朝起きたら（あるいはオフィスに到着して、お茶でも一杯飲みながら）その中からいちばん好きな一文を選び、1分以内に紙に書き写す。

3

- ☑ 文章が気に入れば、写真を撮って仲のいい友達に送る。

DAY

12

お金にこだわらないなら何をしたいのか、自分に問う

本当に自分がしたいことがわかる質問

「もしお金にこだわらないなら、何をしながら生きたいですか?」

私はこの質問がすごく好きだ。

何年か前に友達が私にした質問だが、最近も誰かと知り合えば、必ずこの質問をしてみる。お金にこだわらず生きるという前提があれば、本当に何をしたいのか、まっさらな状態で考えられるからだ。私はこの質問を受けるたび迷うことなくこう答える。

「ワゴン車を一台購入して各種医療機器を積んで、全国の捨て犬保護施設を回りながら医療奉仕をしたいです。私がそうしたい時に、したい分だけ」

私は自分が好きなことは、割とはっきりしている。

動物が好きで、人の世話をするのも好き。専攻の獣医学も好きだ。そしていちばん好きなのは「好きなことを好きなだけすること」だ。いくら好きな仕事とはいえ、義務感を伴う場合や、強制的にさせられることは嫌になるとよくわかっているから。

頑張って日々を生きていて、ふと仕事がとても嫌になったり、人生に懐疑的になったりする時は、未来の自分の姿に胸を膨らませる。

誰に指図されたわけでもなく、本当に自ら望むことを、自由にしている自分の姿に。

欲張りながらも、欲望の苦痛から抜け出す方法

「したいことがはっきりしているなら、いくらでもその方法はある」

私はこの言葉を信じている人間だ。この言葉の対極にはこういう言葉もある。

「欲望は自分を苛む」

ここで多くの人が戸惑う。

「それなら目標を持たず、なんの欲望もなく生きることが人生における幸せ？　目標がないなら、何を軸に生きていけばいい？　生きるモチベーションもなくどうやって頑張って生きていける？」というふうに。

でも欲を出さないということは、何も望まぬまま努力しない、という意味ではない。

では、思いっきり望みながらも欲望に端を発する苦痛から自由になれる方法などあるのだろうか？

次の言葉を心に刻みながら目標を追求すればいいというのが持論だ。

「今の自分に物足りなさを感じるから幸せじゃない」という考え。これは正しくない。言わば「今のままでも十分なんだけど、実はあれも一度やってみたい！」という心を持つのだ。

たとえば「私、あまりかわいくないから、ダイエットしてスマートになればもっとみんなに好かれるのに！」と「今のままでも十分だけど、スポーツをしたらもっと引き締まってスマートに見えるかも」では意味合いが異なる。

友達にもよくこんな伝え方をする。

「私、太っちゃった。痩せないと」と言う友達に「あら、今もかわいいけど、痩せたらめちゃくちゃかわいくなるね」というように、体重を減らしてもっとかわいくなりたいという望みは否定せず、今の状態を必要以上に低く評価することもしない。

変えたい未来に執着もしない話し方だ。

私たちが欲張る一方で苦痛を感じるのは、「これがないから不幸で、これを手にすれば幸せになれるはず」という間違った信念に起因する。

何かを手にすることで、やっと幸せになれるという考えは、出発点から危うい。こういう考え方では、仮に何かを手に入れても幸せになれない確率が高い。

いざ、求めていたものを手にしても、その後だんだん飽きてしまうものだから。

そうなると、また習慣的に他の達成感を求める。

すると継続的に、「欲望→達成→退屈→新たな欲望」のループに閉じ込められる人生を送るしかなくなる。

周囲をよく見回すと、自分自身を低く見積もり、そこから噴き出る苦痛を原動力に歯を食いしばる人がいる。悲しいことに本当に大勢いる。

「私なんて全然だめ。顔はブサイクだし、両親も貧乏。このままじゃ、絶対、人に好かれるなんて無理。お金をたくさん稼げたら、なんとか人間らしく生きられるのに」と自分を卑下するのだ。

このように自分に鞭打てば辛いに決まっている。自分を楽にすることにはどうも不慣れで、いつも苦痛を伴ってこそ努力の証だと思い込んでいる。

もちろん何としてでも望むものを手に入れ、その後、永遠に幸せになれるなら、それでもいい。でも実際それは非現実的だ。いくらも経たないうちに、また他の鞭打ちをして、がんじがらめになってしまうのだから。

それゆえ、もし望むものを手にできなくて辛い思いをするくらいなら、いったん立ち止まってみてほしい。

そして「今のままでも十分」という言葉を繰り返してみよう。

こう認めれば、ずっと軽い心で新たなことに挑戦できるのだ。

過剰摂取を心配すべき時代

私たちは学校に通いながら、いつも成績で評価され、満点にどれだけ足りなかったのかを確認し、間違えた問題に集中する人生を送ってきた。

厳しい両親の元で、短所ばかり指摘されながら生きてきた人もいるだろう。

慌ただしい競争社会の中で、常に上だけを見つめる。

自分より成功した人たちと比較する。

だから自分が手にできないものばかりが目について、もっと満たされるべきだと感

じてしまう。

でもこれは単に「考える習慣」に過ぎなければ、歴史的に長く続いた「社会的慣習」とも言える。

たとえば、私はベジタリアンだと言うと、周囲の人は私の栄養不足を心配する。タンパク質はどうやって摂取するのか、菜食だとしょっちゅう病気になるのではないかと。冬に風邪でも引こうものなら、必ずといっていいほど「お肉を食べないからじゃない？」と言われる。

けれど、あなたの周りを見回してほしい。

栄養不足で通院する人は大勢いるだろうか？

あるいはその反対に、肥満、糖尿、高脂血症など栄養過多で病気の人は？

今、私たちは栄養不足ではなく、栄養過多を心配しなければならない時代に生きている。それなのに今でも多くの人は変化に適応できないからか、菜食主義者の栄養不足を心配するのだ。これは実際、私たちが空腹の時代を経験してから、まだあまり時間が経っていないせいだ。

たった50年前までは、まともに食べられず病気になった人が多くいた。

肉はエネルギー密度が高く、多様なタンパク質組成が備わっているため、摂取すると栄養失調はある程度解消され、いいエネルギー源になる。

栄養不足の病人が多かった40〜50年前は、ほんの2〜3世代前のことだ。世界はスピーディに変化し、今では摂取不足より過剰摂取を心配すべき時代が到来した。

それなのに人々の認識は、いまだにその変化の速度についていけない。

これは、一種の文化遅滞現象なのだ。

私たちの欲望も、これと同じような現象を呈している。

すでに十分、手にしていても、心は常に自分にささやく。

「まだ足りないぞ。もっと欲を出せ」と。

これもまた、あらゆる物資不足で不幸だった時代を経験してから、まだあまり経っていないために現れる、認識の文化遅滞現象だ。

だから大人たちは子どもたちを急き立てる。もっと多くの物を手にしなくてはならない、もっと一生懸命生きないといけない、もっといい成績を取らないといけないと。

人々はSNSを通して、自分が他人より多くのものを持っているとひけらかし、だから幸せだと暗に誇示する。さらに、企業のマーケティング担当者は、「あなたが不幸せな理由は、我が社の製品を持っていないから」と絶えず洗脳する。

こんな環境下でただぼんやり生きていると、「私が幸せじゃないのは、他人より多くのものを手にしていないから」という考えしかできなくなる。

このような時こそ、自分の考えや見方、そして自分が本当にしたいことは何なのか、はっきりと知る必要性がある。それが正確にわかっていれば、結果に執着することなく、それ自体を楽しむことができるからだ。

今日は何かが不足するから出た欲望ではなく、自分の真の欲望を知るために、自分に問うてみてほしい。「お金にこだわらないなら、何をしてみたい？」と。

そして本当にしたいことが見つかったら、こう言ってみよう。

「今のままでも十分だけど、もしお金にこだわらないなら、『これ』に一度挑戦してみたい」と。

こう考えただけでも、もう満たされるはず。

すでにあなた自身が十分だと感じられたら、何かに押しつぶされることはない。

DAY 12
心からしたいことを考える

1

☑ 朝起きて「お金にこだわらないなら、何をしてみたい？」と自分に問う。
（冷静に考えれば、どういう方法であれ、実際にそれを実践できると気がつく）

2

☑ この問いへの答えを見つけたら、「そのこと」をする自分に向けて応援メッセージを送りながら一日を始める。

DAY

13

窓を開けて1分間、遠くの山を眺める

やるべきことは、どうして
ゾンビみたいに次々と出現するのだろうか？

現代人は多忙を極め、やることはいつも山積み。頭の中は仕事でパンパン。

私もそうだった。

長いこと獣医師をしているけれど、動物病院の治療室は外に面した窓がほとんどなく、閉鎖された空間だ。2～3坪程度の空間に、デスク一台で一日中働き詰め。ランチも動物病院内でお弁当を食べて済ませることがほとんどだ。

ロビーにはいつも診療を待つ動物と飼い主が列をなし、電子カルテも待機中の動物の名前で埋め尽くされている。忙しい日には、「診療する」ではなく「診療を片付ける」という表現がふさわしいくらい、息つく暇もない。

ある時、こんな人生に変化を必要としていた私は大学で教鞭を執るチャンスを得た。

ところが、教職に就いても状況は大きく変わらなかった。幸い、研究室には外に面した窓があったのだが、窓に背を向けて座り、モニター画面を見て働かなくてはいけなかったので、いつも窓をブラインドで遮って過ごしていた。

講義の時間以外は、特に人と接することもなかった。

常時研究室にひきこもり、教職員の先生たちともメールでやりとりしていたため、一日中、一言も発さないまま夜10時を過ぎるまで残業する日も少なくなかった。すると日に日に胸が苦しくなったのだ。頭の中はいっぱいになり、やらなければいけないことはゾンビのように次々と出現し、息もつけないくらい私を押しつぶした。

今、あなたの視野は狭くなっている

会社員の多くは、私と似たようなことを経験していると思う。

20インチより少しばかり大きいモニター画面から一日中ほぼ目を逸らすことなく過ごす日々。こんな働き方をしていると、創意的発想が生まれるはずもなく、目の前にある仕事を定時までに片付けることで精一杯だ。

特に最近の人は狭い範囲で仕事をするケースが多い。

大きな組織で働くほど、その程度はひどくなる。全体的な仕事の規模を知ることもできないまま、自分が任された部分の仕事を繰り返し行う必要があるからだ。

仕事を多くこなす人も大差ない。高度に専門化された仕事をする人たちでも、自分が任された、ごく狭い範囲内でしか労働をしていないケースが意外と多いのだ。

このように狭い領域で休む間もなく働き続けると、「ブレインフォグ」症状が起こる。

文字通り、頭の中に霧がかかるのだ。視野が狭くなるため、同じ場所でぐるぐる回り続けているような感じがする。記憶力は落ち、疲労や憂うつが日常を支配すると、仕事がうまく回らず気持ちだけが焦る。

こんな症状を感じたことがあるなら、「狭い場所に閉じ込められているんだ」「視野が狭くなってるぞ」と自覚しないといけない。

こんな状態に陥った時は、脳に換気が必要不可欠だ。

私は、グーグルアース（Google Earth）を活用している。

みなさんも知っているだろうが、Googleが提供している衛星地図だ。これを使えば、全世界、ほとんどの地域の衛星写真が見られる。最初は自宅やオフィスを探して面白がっていたけれど、そのうち世界のあちこちをモニター画面で探索できる点に魅力を感じた。特定地域の衛星写真を見て、スクロールしながら縮小させていく。私が見ている地域はだんだん小さくなり、宇宙上に丸く映し出された地球を目にすることができる。

自宅の裏通りから、だんだん遠く、遠く……遠く離れて画面の真ん中に現れる地球。その地球の姿が見えたら、数秒だけ目を閉じて自分自身に思いを馳せる。

すると、一日中窓を締め切りヒーターをつけっぱなしにしていた、息の詰まるような小部屋に、冷たい冬風がさっとかすめていったように頭がすっきりするのだ。

脳に新しい空気を吹き込む方法

脳を換気させるには瞑想もいい。先にＤＡＹ２のルーティンですでに紹介した瞑想は、日常でニュートラルな状態を保つ力を与えてくれる。

狭いところに閉じ込められたように息が詰まる感じがする場合は、脳内に爽やかな風を切望するはずだ。ただ、頭があまりにもパンパンで思考能力が落ちている時は、瞑想に入るのも一苦労する。瞑想を始めて日が浅い初心者であればあるほど難しい。**そんな時は、極力体を動かす運動が最適だが、それを許さない状況であれば、パッと開けた空間に赴き、遠くを眺めるだけでも、大きな効果が得られる。**

私は今文章を書く仕事をしているため、ありがたいことにノートやノートブックさえあれば、どこでも仕事ができる。執筆して行き詰まれば、川が見えるカフェや窓が大きく開いた場所に行って仕事をすることもある。

ただ誰もがこうした働き方ができるわけではないだろう。そこで、誰でも実践できる方法をひとつお教えしよう。**それは、建物の最上階へ行き窓の外を眺めること。**建物の屋上に上がって深呼吸をし、空を仰ぎ、遠くの山を眺める、などなど。**これさえもできない状況に置かれているなら、朝起きてすぐに窓を開け、できるだけ遠くを1分間、眺めてほしい。可能な範囲でいい。**

私が、外に面した小さな窓ひとつない診療室内で衛星地図を眺めて脳の換気をしたように。

自分にとっていちばん合う、条件的に可能なものひとつくらいは見つかるはずだ。**YouTubeで、航空写真、ドローン動画などを検索にかけてもいい。**

このように広い視野で世界を改めて眺めていると、今すべきこと、頭を悩ませていること、自分を苦しめていること、これらを必ずひとつずつ解決していこうという気になる。

満員電車の車両内から人が同時に出ようとすると、出口がすぐに詰まって誰も出られなくなる。秩序を保ち、次々と出口付近に立っている人から順番に動けば、何事もなくみんなが降りられる。私たちの頭の中も全く同様だと考えてほしい。

目の前に仕事が山積みになるほど、まずは脳に爽やかな風を吹き込まないとならない。

風が吹き込んだら、今日自分ができる小さなことから手をつければいい。

DAY 13
できるだけ遠くを見つめる

1

☑ 朝起きてすぐに窓を開け、可能な限り遠くの場所を眺める。

2

☑ もし建物などで視野が遮られている場合は、空を1分間見上げる。

3

☑ 今日自分ができる小さいことから手をつけ、一日を始める。

DAY

14

お香を焚いて1分間眺める

インテリアを完成させるのはアロマ

コロナ禍、数年前のクリスマス。

親しい友人宅のホームパーティに呼ばれたことがある。友達の家は、雑誌に登場しそうなほど素敵に飾られていた。友達は、自宅で休む時間をとても重要視していて、暇さえあれば家を飾ることに夢中になっていると語った。

彼女の趣味に合う雑貨も部屋を素敵に演出し、部屋はいつも清潔に保たれている。植物をたくさん育て、季節ごとに模様替えをし、雰囲気を変えるのだと言っていた。食器もセンス良く揃えている。料理も体にいいものをゆっくり調理して楽しむ友達だった。

インテリア以外にも非常に印象深いことがあった。それは相当数のキャンドルだ。部屋、リビング、トイレにそれぞれキャンドルウォーマー（電球でキャンドルを温め、火を使わずにアロマを出すランプ）と一緒にキャンドルが置いてあり、余分のキャンドルも数十個あった。

なぜこんなにキャンドルが多いのか訊いてみたところ、「インテリアを完成させるのはアロマよ」と答えた。

「インテリア小物は空間の一部だけを満たすでしょ。でも、アロマは空間全体を満たしてくれるから、アロマを変えれば空間自体の雰囲気も変わるの」と付け加えた。

それは、そこにいる人の気分までも変えることができるという意味だ。

本当に感動した。彼女は、好きなキャンドルをおひとつどうぞ、と言ってプレゼントしてくれた。

アロマを変えただけで、日常が変わる

友達が持たせてくれたキャンドル一個に端を発し、私もいろいろなブランドのキャンドルをひとつ、ふたつと買い集めて日常にアロマというツールを新たに追加することにした。キャンドルウォーマーも買い入れ、部屋ごとに異なるアロマキャンドルを

置いて空間の雰囲気を変えてみた。アロマを変える度に、自分の空間を美しく手入れしていた友達の生活が思い出された。

自分の空間を美しく整え、休息時間を大切にするというのは、それだけ自分自身を大切に思っているということに他ならない。

自宅にアロマひとつ置いただけでも、全く別の空間が創出される。この大切な真理を教えてくれた友達の存在に心から感謝している。

私たちは環境がいかに重要かをよく知っている。誰もが、陽射しが十分に入り、風がよく通り、広々として居心地よく、整った空間でのんびりと時間を過ごしたいと思っている。

でも現実的には、このすべての条件を備えた場所で生活することは容易ではない。それゆえ、低コストで自分が過ごす空間の雰囲気を変えたければ、私のように一度アロマを使ってみてはどうだろうか。

香りのいいアロマを取り入れることに、それほど多くの時間や費用は必要ないから。

香りは記憶

キャンドルの香りで日常に変化をつけ始めたのはいいのだけれど、キャンドルはすぐに使い切ってしまうため、インセンスティックに変えることにした。これは通常「お香」と呼ばれるもので、火をつけて煙を出す製品だ。キャンドルに比べて安価で、火をつけるタイプなので、より消臭効果も高い。

また、焚いている時間がキャンドルに比べて短く、砂時計のように利用することも可能だ。お香がすべてなくなるまで瞑想をするという具合に。瓶に入ったキャンドルはかなり高価な上、燃えつきるまでに時間がかかる。

一方、お香は束でもすぐに使い切ることができる。様々な香りに変えられ、飽きることなく試せるのがいい。

香りには、記憶を呼び起こす効果もある。特定の香りが、特定の人物や状況を思い

起こさせる。

たとえば、一般的に私たちが知っている「お香の匂い」はお寺の記憶を思い出させる。人がまばらな場所で感じられる静かで和む雰囲気、時おり耳にする風鈴の音、お寺を囲む木々、木に登るリス、晴れ渡った空、寺の入り口にある手水舎で含んだ水一口。

お香を一本焚いただけなのに、山中の静かな寺で感じた過去の記憶が蘇る。

このようにしてお香を焚いたら、そのまま瞑想に入ると尚いい。

お香の意味もやはりそこにある。

仏教でお香は、自らを焚き周辺を明るく照らすという犠牲精神を意味するのだという。また、アロマセラピーのように、いい香りは心を浄化する効果がある。修行する者に愛されている理由ではないかと思う。

実際、お香から立ちのぼる煙を見ているだけでも瞑想の効果が感じられる。

エネルギーが必要な時はスウィートオレンジ、休息が必要な時はラベンダー

お香を焚く際には注意すべき点がある。燃焼するため、呼吸器にどうしても影響を及ぼしてしまう。呼吸器疾患があるなら、医者と相談、あるいは十分注意を要する。呼吸器疾患がなくても、窓を開けて使用するとか、焚いた後は一定の時間は換気してほしい。

子どもがいる家庭やペットを飼っている場合にも注意が必要だ。特に動物の呼吸器は敏感だ。床に鼻をつけてクンクンする子犬は、その特性上、床に舞った灰を鼻で吸い込むと問題を起こしやすい。

キャンドル、お香以外にもアロマセラピーの効果を最大限に生かしたいなら、アロマウォーマーやティーライトキャンドルを一緒に使うのもいいだろう。

好きな香りのアロマエッセンシャルオイルを準備し、キャンドルで間接的に加熱して香りを放つようにする方法もある。

エッセンシャルオイルは販売店でそれぞれのオイルにどんな効能があるのか説明してくれるので、選ぶ時の参考にするといいだろう。

私はエネルギーが必要な時にはスウィートオレンジ、休息や心の平穏が必要な時にはラベンダーの香りを使っている。このふたつの香りはかなり一般的なので扱っている店も多く、価格もかなり手頃だ。落ち込んだ時はローズオイルもいいけれど、価格帯は比較的高めだ。

キャンドル、お香（インセンススティック）を試したい方のために、私が好きな香りをいくつかご紹介しよう。

〈インセンススティック：ナグチャンパ、スーパーヒット〉

「線香の香り」「寺の匂い」と聞いて想像するのが、まさにこの香りだ。

お寺の匂いとして記憶される香りを嗅ぐ瞬間、平和な山中の静かな寺が思い浮かび心が安らぐ。お寺の匂いが好きな人には、この香りをお勧めする。

〈キャンドル：バスアンドボディワークス〉

バニラ、チョコレートなど甘い香りが好きなら、このブランドがぴったりだ。甘い香りをもっともうまく作り出している会社だと思う。

また、バスアンドボディワークスの商品は香りが濃いので、焚いたり、キャンドルウォーマーで加熱したりせず、カバーを外すだけでもかなり香りが広がる。

呼吸器系の問題で、アロマやキャンドルを使うことに不安を抱く人でも楽しめる。

〈ヤンキーキャンドル：フレッシュカットローズ〉

鮮やかな花の香りが好きな人にお勧め。

私はバラのエッセンシャルオイルが高価で手が出せない時に、よく代用して使っている。

〈ウッドウィックキャンドル〉

芯が木製のキャンドル。キャンドルウォーマーで加熱するより、火をつけて燃やす方がウッドウィックキャンドルの魅力を１００％享受できる。

木製の芯が燃えつつ、薪が燃えるようなパチパチという音がするのが特徴だ。こうして燃える音を聞いていると心が落ち着く。欠点があるとすれば、綿芯は安定して燃えるのだが、木製の芯は途中で消えてしまうものもあるので、レビューをよく見てから購入するのがいい。

今日は、退勤後、就寝前の1~2時間にできるルーティンを紹介する。**自分に合う香りを選んだら、遅い時間に窓を開け、しばしお香を焚いてみよう。**お香のゆらめきに身を委ね、想像力を動員して未知の世界にいると想像してみるのもいい。

あるいは、今日一日を振り返りながら、感謝したこと、あるいはいちばん幸せに思えたことひとつを思い出しながら、瞑想に耽ってもいいだろう。

DAY 14
好きな香りと共に瞑想する

1

- ☑ 夜寝る前、今日の気分にぴったりの香りをひとつ選ぶ。

2

- ☑ 窓を開けてお香やキャンドルに火をつけ、じっと香りが焚かれるのを1分間眺める。この時、何も考えず香りにだけ集中する。

3

- ☑ 少し目を閉じ、香りが誘う別の空間にいると想像してみる。あるいは、今日一日感謝したことをひとつ思い出して瞑想する。

DAY

15

シャワーヘッドから落ちてくる水滴を1分間受けながら悩みを水に流す

入浴は一日中頑張った自分をいたわる儀式

数年前の冬、映画撮影での出来事だった。

その日の撮影は、すべて屋外で行われた。

撮影の中盤から天気予報になかった雪まで降り出した。下着を二、三枚重ね着し、撮影チームが用意してくれた使い捨てカイロで重装備していた。それでも午前から日暮れまで屋外撮影が続き、みんな雪だるまのごとく、かちこちになってしまった。

ようやく、予定されていた撮影がすべて終了し、みんなで一緒に熱々のクッパを食べた。それでも体の芯まで凍えた感じは抜けなかった。手足の感覚はなく、スプーンもうまく使えないほどで、脳も止まってしまったような感覚がした。

その時、ベテランの監督がこう言った。

「一日中凍えるほど寒かった今日みたいな日には、帰宅後にいくら部屋を暖めて布団

に潜ってもだめ。体の芯まで冷え切ってるんだ。こんな時は湯船に温かいお湯をいっぱい張って浸からないと」

この言葉を聞いて、私は家に着く10分前くらいに母に電話をし、お風呂を沸かしておいてほしいと頼んだ。到着するやいなや、熱いお風呂に浸かった。

かちこちに凍えていた体がお湯に溶けていき、さっきまで感じていた疲労は飛んでいき、人生の満足感と充足感に体が温かく包みこまれる感覚を味わった。

一日中、寒さとストレス、疲労で死にそうだったのに、こんなささいなことで吹き飛ぶなんて……。改めて人生の秘密を発見したみたいに私は幸せだった。

この時の経験がどれほど印象的だったのか、その後、冬に外出したら帰宅後に入浴するのが習慣になったほどだ。湯船に浸れない時は、しばらくシャワーでお湯に打たれることもある。

以前は、シャワーといえば、単に体を清潔に保つための実用的な手段に過ぎなかった。でもあの日以降、束の間でも、一日中頑張った自分をいたわる儀式となったのだ。

幸せは大きさより頻度が重要

日常でどんな瞬間にあなたは幸せを感じるだろうか？

または、幸せになるために毎日している小さな習慣があるだろうか？

私たちが幸福と感じられない理由は、はっきりしている。幸せが、とても大きく立派なものだと誤解しているからだ。

試験に合格する。昇進する。応援しているスポーツチームが優勝する。人々に認められる。お金をたくさん稼ぐ。こうならないと幸せにはなれないと思い込んでいる。遠くにある幸せを獲得するために不断の努力を惜しまない。ところが、それは手に入れるのが難しいだけでなく、手に入れてもその喜びが長続きしない。

だからといって目標を持つなというわけではない。

目標を追求すると同時に、今自分のそばにある小さな幸せにも、普段から注意を払おうということだ。

幸福が手に届かないものだと思えば、幸せはだんだん遠のき、自分のすぐ隣にあるささやかな幸せを見つけられると、幸せはどんどん近づいてくる。

幸せは大きさより頻度が重要。

だから幸せは追求するというより発見するものなのかもしれない。

いつもの朝食、自分を照らす太陽、自分の言葉を真剣に聞いてくれる友達、自分がしたい数々のこと……もしかしたら当たり前だと思っていたかもしれない日常の中に、幸せな一瞬を敏感に探し出す感覚、この感覚が研ぎ澄まされるほどに、幸福度は高くなるのだろう。

ある人は、布団をかぶる時に幸せを感じると言い、朝、起きぬけにペットを抱きしめる時に幸せだと感じる人もいる。

ささやかな幸せは、世界中の人の数ほど多種多様だろう。

私の場合は、毎朝小さなルーティンを実行するのが好きで、好きなルーティンで一日を始められるだけで、すぐに幸せな気分になれる。

ルーティンを行う大きなメリットは、私の幸福を自分がコントロールできると感じられることだ。

いつもより早めに出勤して同僚とおしゃべりをし、コーヒーを淹れながらその香りを楽しむ短い時間、仕事に向かう電車から漢江を眺める時間も、自分だけのルーティンにすれば、いくらでも幸せな時間が訪れる。

あなたも、日々の中に感じられる、ささやかな幸せを見つけてほしい。それを発見する度に「幸せのルーティン」と名前をつけることも忘れずに。

シャワー時間を、エネルギーをもらう時間に変身させる

さあ、では今日は誰にでもできる朝の小さな幸せルーティンをひとつご紹介しよう。**それはシャワーだ。お風呂に入るより経済的で、決心さえすれば今日からでもすぐに実行に移すことができる。**

シャワーを浴びる時に、清潔にすることだけを目的にするのではなく、たった1分でもじっと水滴を受けてみる。他の考えに意識を向けず、体に落ちる水滴にだけ集中してほしい。水滴が体に当たる感覚、温度、滴ってくる音に細かい神経を集めるのだ。水滴は上から下へ落ちてきて、体を撫でてから排水口に流れ落ちる。

もし頭の中に未解決の心配の種があるなら、その考えが流れ落ちる滴に溶けて、排水口を通って流されると想像してみよう。絶え間なく降り注ぐ水滴の下に立っていると、悩みもだんだん小さくなり、希釈される。不思議なほど自然に。

こう考えると「何かに追われるように、さっさと石鹸の泡を立て、適当に体を洗っていた朝のシャワータイム」は「悩みを洗い流し、心を整理すると同時に、心にエネルギーを送る時間」に変身する魔法の時間なのだ。

加えて冷たい水でシャワーを浴びれば、全身がすっきりし、集中力まで高まるとのこと。もちろん慣れるまでは、かなり苦痛を伴う。

でも朝の小さな苦痛はストレスホルモンを分泌させるので、むしろ体に活力を与え、眠りから目覚めさせ、生産的なことを可能にすると言われている。

あなたも一度試してみてはどうだろうか？

冷水シャワーの効果は、30分以上走ると気分が良くなる瞬間が来る「ランナーズハイ」と似た原理だ。

さあ、朝1分のシャワールーティンで脳を目覚めさせてみよう。

DAY 15
シャワーを浴びて心を整える

1

☑ 起きぬけにシャワーの下で1分、じっと水滴を受ける。ストレスが多く、心身をほぐしたい時は温水シャワーを、活力を求めるなら冷水シャワーを浴びる。

2

☑ シャワーを浴びる時、今日すべきことは考えず、体の感覚にだけ集中する。

3

☑ 自分の中にある、あらゆる心配や悩みはシャワーの滴とともに排水口に流れ落ちると想像する。

4

☑ 軽やかな気持ちで出勤準備に取りかかる。

DAY

16

起床したら、丁寧にベッドメイキングする

なぜ挑戦が苦手な人がいるのか？

大学で働いていた時、いちばん大きな悩みは、「どうすれば学生たちのモチベーションを上げられるか？」だった。

何にでも積極的に参加し、新しいことに挑戦する学生たちがいる反面、過度に恐れを抱いて、新たなことには是が非でも避けて通る学生もいた。

中でもある学生が記憶に残っている。彼は成績が基準に達せず単位を落としかねない危機に面していて、再試験のチャンスを与えるという私の提案にこう答えたのだ。

「再試験を受けても、また70点以下なら、どうせF評価なんですよね？　70点を越える自信もないので、Fをつけてください」

失敗しそうなことは、そもそも挑戦すらしないという態度だ。

現場実習に行く時も、こんな学生たちを時どき見かけた。実習に出て五年以上勤務した先輩たちを目の当たりにし、すっかり怖気づき、「動物病院には就職しないことにします。みんなみたいにうまくできる自信がありません」と断言したのだ。

このように挑戦する前から恐れをなす学生たちを見ると、もどかしくて仕方なかった。すると、こんな疑問が湧いてきた。

「どうして自ら挑戦する学生がいるのに、一方ではいくら挑戦するように強く勧めても殻に閉じこもる学生がいるのだろうか？」

もちろんこの質問に正解があるわけではない。生まれつきの性格、幼い頃の保護者との関係、人生経験など様々な原因があるだろう。ただここで生まれつきの性格や幼い頃の保護者との関係性は、もうこの時点で変えられないのは確かだ。

だとしたら、今できることは「いい経験を積むこと」以外にはないのではないだろうか？

だから私はできるなら学生たちが大学卒業前に、何としてでも何かに挑戦し、達成する経験を積んでもらいたかった。

どんな小さな成功でも、ひとつずつ経験を積み重ねることで、新たな挑戦にもより勇気を出しやすくなるはずとの思いからだ。

小さい達成感と褒め言葉がもっとも重要

私が試みた方法のうち、もっとも効果が高かったもの。

それは、学生に達成可能なことをさせてから、褒めることだった。

授業時間に出す課題形式でもいいが、この場合、該当する学生がさらに優秀な学生を横目に、劣等感を抱いてしまうことがある。

だから、該当する学生にもっともふさわしい課題を出した。

もちろん私にできる範囲でしか、してあげられなかったけれど。

たとえば、誰かと知り合って会話をするのが苦手な学生には、大学の教務課へ行き書類を持って来てもらうことにした。こんな課題はとても簡単なように見えるが、極度に内向的でコミュニケーションが苦手な学生には、かなり高度になる。

それでも、１回できれば2回目はずっと楽にできる。

初めてできた時に思い切り褒めてあげることも重要だ。

「ほら、できるじゃない」と言いながら励ました。

そうこうしていると、達成感を味わう経験は少しずつ積み重なり、どんどん付加価値がついてくる。

始めはとても小さいことさえ挑戦するのが難しく、失敗すれば世界が崩れ落ちるかのような恐れを抱いていても、いざ成功の味を知ると、「挑戦なんて、たいしたことないな」と思えるようになるのだ。

皮肉なことに、こんな感情は失敗した時もそう変わらない。

失敗した時に感じる挫折感や傷も、あらかじめ想像していたものよりずっと弱く、意外と耐えられる場合が多いから。また、リアルタイムでは死にそうに辛くても、何ヶ月か経つと、過去はたいていたい美化される。

かの有名な「人生は近くから見れば悲劇だが、遠くから見れば喜劇だ」という、チャールズ・チャップリンの名言のように。

もちろんあれこれ挑戦してみると、決して楽に克服できない大きな傷を負うこともある。でも、それもまた大切な経験となり、前へ歩んでいく人生に大きな助けとなることを忘れてはならない。

「ああ〜こうしたらうまくいかないのか」「今回はこうなったから、次はちょっと方法を変えてみないと」「もっと辛い時も乗り越えられたんだから、これくらいどうってことない」と世の中に対する免疫力がつくとでも言おうか。

では、なんの挑戦もしてみない人はどうだろうか？

失敗したことも、成功したこともない人は、頭の中で漠然とした恐怖だけが膨らみ続けている。

失敗するチャンスを自分に与えよう

人生での経験を積むにあたり、もっとも重要な出来事のひとつ、それは恋愛だろう。

あなたは悲痛な別れを経験したことがあるだろうか？

おそらく誰でも一度くらいは経験済みのはずだ。

あまりにも辛い別れを経験すると、次の出会いに踏み出せないことがある。

傷つくことを恐れ、心を隠してしまうのだ。

このような人々は「心ならず」恋の駆け引きの主人公になるケースが多い。

これは、恋愛上級者が使う駆け引きとは違い、怖さに由来するものだ。

相手にもし裏切られても、「ふん、こっちだって本当はそこまで好きじゃなかった」と言いながら引き返すことができるように準備するためだ。

これは自分も知らず知らずのうちに作った心の安全装置。

自尊心をより傷つけないようにする、いちばん簡単な方法のひとつなのだ。


それでも傷を負うかもしれないことを覚悟して心を開き、すべてのことを委ねたことのある人だけが知っていること。

それは、心から信頼することで得られる幸福感と自由だ。

もちろん、その人を選ぶときには慎重になってほしいけれど。

どうにか傷つくまいとエネルギーを使う人、
無限に信頼することにエネルギーを使いつつその瞬間を楽しむ人。
あなたはどちらのタイプに近いだろうか？

もし前者に近いなら、今日自分が達成できる小さいことから挑戦することをお勧めする。失敗しても打撃がたいしてない小さなことから始めてみるのだ。

私はいつも運動を挙げる。毎日運動することに成功する人は、どんなことにも軽い気持ちで挑戦できる人に変われるからだ。

挑戦するチャンスが増えれば、達成感を味わえるチャンスも増えていく。

始めから大げさな目標を立てる必要はない。

一日30分のウォーキング、毎朝のストレッチ、起きてすぐにベッドメイクするなど、とにかく小さなルーティンから始めてほしい。

こうした小さいルーティンすら失敗してしまったらって？

そう訊く人がいるなら、こう答えるしかない。

あなたには、2つの選択肢がある。

ひとつは、その小さなルーティンさえ挑戦せずに、失敗するチャンスすらもらえないこと。

そしてもうひとつは、自分ができる範囲で何でもいいから挑戦してみて、成功と失敗を味わってみること。

私は、あなたがこの2つからより良い方を選択できる人だと信じている。

始めはとてもささいなルーティンかもしれない。

でも挑戦し続けていれば、自分が本当に何をしたいのか、自分に何がより合っているのか、あるいは自分は何が得意なのかわかる不思議な経験をすることになるはずだ。

あなたの心と体に失敗するチャンス、成功するチャンスを与えよう。
失敗したあなたを発見したら、不器用なあなたの姿に優しく微笑んであげよう。
失敗後、また挑戦に踏み切るなら、そんなあなたは立派だと褒めてあげよう。

ということで、今日は「ベッドメイキング」から始めてみようか？

DAY 16
ベッドをきれいに整える

1

☑ 朝、起きたら丁寧にベッドメイキングする。

2

☑ 自分が横になっていた場所に掃除機をかけながら、昨日の悩みが全部掃除機に吸い込まれていくのを想像する。

3

☑ 軽くなった心で、今日の仕事を始める。

DAY

17

ときめかない物を選んで捨てる

どうすればいいかわからない、そんな時はひとつのことに集中

何年か前、私は人生初の著書『人生をガラリと変える「帰宅後ルーティン」』を執筆した。夢にまで見た本が出版された瞬間、わくわくが止まらない反面、怖さも人一倍感じた。

いい文章を書きたいという気持ちより、悪評への恐怖が勝っていたようだった。

執筆中はいつも「私が人々の力になんてなれるだろうか？」という考えが足かせになることもあった。自己啓発というジャンルは、私をさらに完璧主義者に追い立てた。

果たして読者に模範となるだけの人物なのか、幾度となく自分をチェックした。

完璧主義の私は、あらゆることを詰め込みたい欲望に駆られた。

現実的に役立つ実践方法を書きたかった。と同時に他の作家には書けない画期的な

ヒントを入れたいとも思った。秀麗な文章を書きたかった。できるだけ多くの情報と客観的な統計資料も入れたかった。どんどん欲張りになり、文章の方向性がなかなか定まらず、読み直すと文章が欲の塊のようにさえ感じられた。

混乱の渦をさまよい、一ヶ月以上ペンを置いた。

そして決心したのだ。

最初の本なんだから、ひとつのことだけを目標に完成させよう。

何を目標に据えるか考えたら、本が好きな母の言葉を思い出した。

母は同じ話を小難しく書いてある本や、文章がすっきりせずすらすら読めない本は好きじゃないと言っていた。そこで私は「私が知っていることを、できるだけすっきりわかりやすく書くこと」を目標に置き、再び書き始めたのだった。

できるだけ欲を出さず、ただ自分がいちばんよく知っていること、いちばん自信があることを簡潔な文章で書くことだけに集中した。

なんとか原稿を書き終え、本が出版される日が来た。

その日は私をドキドキもさせた反面、恐れも抱かせた。人々の反応が気になり、恐る恐るブログや書店サイトを見て回った。心配とは裏腹に好評だった。

特に、わかりやすい、親近感を持てて心に響いた、という感想が多かった。

「わかりやすく書くこと」ひとつに絞ったことが読者の心を掴んだのだ。

今の自分にとって、いちばん優先順位が高いのは何?

考えが次々と浮かぶ時は、欲をそぎ落とし、たったひとつの目標に集中すべきだと私は知っている。ところが、いざ仕事がまた押し寄せてくると、すべてを掴もうとする自分を発見する。

動物病院の仕事も同じだ。私がすべきことは動物の治療なのにもかかわらず、いろいろな考えが溢れる。雇用者である院長先生を満足させないといけないし、他の職員たちにも気を遣わないとならない。飼い主たちの事情も汲まないといけない。そうこうしていると、目の前の治療方針がぐらつくことすらしばしばある。

こんな時、私は気を引き締め直す。第一に「動物のことだけを考えよう」と。

このようにいちばん優先順位の高いことをしっかり決める。

そうでないと、ふらふらして前進できないから。

教職に就いていた時も同じだった。仕事は大きく分けると研究、運営、教育の3つに分けられていたが、想像以上に仕事の幅が広く、細かい仕事が膨大に広がっていた。会わなければならない人も多く、気を遣う人も多かった。

たとえば、学生たちの課外プログラムを企画する時は、与えられた予算を考慮しなければならない。現実的にこなせる仕事量かどうかも考えに入れる必要がある。

学生たちの好みに添い、興味を感じるだけのプログラムなのかについては言うまでもない。最近では、このプログラムが果たして学生たちの就職に役立つのか、適当な講師を招聘《しょうへい》できるのか、与えられた時間内で十分消化できる内容なのか、などがさらに重要視されるようになった。

でも、これらの基準をすべて満たす完璧なプログラムを作るのは不可能だ。

このように考慮すべき点が多い時は「今、いちばん高い優先順位は何か？」と自問する必要がある。

私が大学で働いていた頃は、「学生たちが卒業し社会に出たら、学んだことをベースに専門的な能力を発揮できるだろうか？」という点を優先順位のトップに据えていた。

ちょっと大げさに聞こえるが、噛み砕いて言うと、学生たちが卒業後、就職先の上司に「大学で本当によく学んできたんだね」と言ってもらえるようにしたかったのだ。

このように原則を明確にすれば、どんな変数やハプニングが生じても、ぐらつくことなく正しい方向へ歩み出せる。

この原則があったので、私がよく知らない分野や、私がちょっと無理を強いられる日程でも、もしかしたら学生たちに役立つだろうと思えば、いったん推進した。

このように、何かを決定する時も、優先順位がはっきりすると、後は自然に解決する。私にとってこのような原則がなかったら、知っていることだけを反復記号のように繰り返し教えるという愚行を犯していたかもしれない。

月に一度、ときめかない物は捨てよう

私は感覚的な刺激に敏感な方だ。だから、静かで誰もいない空間にいるのが好きだ。

味付けも薄めが好み。いい香りがする空間は好きだけれど、いくら好きな香りでも、きついとすぐに疲れてしまう。

目の前に物がたくさん溜まると、まるで騒音のひどい空間にいる感覚に陥る。

多忙な日々を送る私たちは、いつでも休息不足を感じる。

でも、休息時間を特別に確保することも容易ではない。

だからそういう時は、日常で自分も気づかぬうちに消費し続けるエネルギーを少しでも減らさないといけないのだ。

使っていないコンピュータの電源を抜かずに放置しているように、自分でも知らない間にエネルギーが漏れ続けているのを知っているだろうか?

その原因は、生活の中で自分に与えられる刺激があまりに多いからだ。

言わば家がごちゃごちゃだとゴミやホコリが溜まっていても気づかない。

その反面、家が整理整頓されていれば、ちょっとした問題が生じてもすぐ目につく。

心も同じ。心が落ち着かず、頭の中もがやがやとうるさいと、今まさに肝心なことをうっかり忘れたり、ぽっかり心に開いた穴に気づかなかったりする。

心を不安定にさせるものには、物もある。

物が多ければ精神的に消耗しやすくなる。

多くの物を整理し、その状態をキープするには、かなりのエネルギーが必要になるからだ。

整理されていない空間に身を置くことも同様だ。

目眩のするような雑然とした部屋にじっとしているだけでもエネルギーが吸い取られていく。不要な視覚情報が入ってくるから、集中力も妨げられる。

さらに、その時必要な物を探すことさえままならない。

選択肢が多すぎると疲れるのと同じしくみだ。


同世代の女性たちと比較して、私が持っているバッグや靴の数は圧倒的に少ない。

バッグと靴は、用途ごとにひとつずつしか持っていない。

仕事用バックパック、外出用バッグ、旅行用バッグというように、どれもひとつずつ。靴も同じ。スニーカー、パンプス、サンダル、ブーツと一足ずつだけだ。

スニーカーが古くなり、もう履けないとなれば捨てて、新しいものを買う。

バッグと靴は、どの服にもコーデしやすい無難なデザインを選ぶ。バッグが多いと、あのバッグからこのバッグへ中の物を移すエネルギーが生じる。重要な物をうっかり移し忘れて、途方に暮れることもある。

この本の主旨は、「朝を1分のルーティンで始めれば、今日、そして人生が変わる」こと。

日常のルーティンを作り、それを続けるキーポイントは、自分がすることを最小限まで落とし込み、本当に重要なことや、ときめくことのみを残すことだ。

これは物、人、そしてすべきことなど、すべてに通じる。

1ヶ月に一度、自分に本当に必要ではない物、ときめきを感じない物を選んで捨ててみよう。

私たちの時間と資源は絶対的に不足している。

重要なことをする前に、重要ではないことを選んで捨てる作業をすれば、自分にとって真に大切なことが何か、だんだん見えてくるはずだ。

また、一度捨てると、新しい何かをまた買う時にちょっと躊躇するようになる。

しかも、たいていの場合、私たちに不足するものは、物やサービスではない。

睡眠と運動だ。

DAY 17
ときめかない物を捨てる

1

☑ 月に1回、ときめかない物を捨てようと心構えをする。

2

☑ 前日の夜、捨てる物を決めて玄関の前に置く。

3

☑ 朝、出勤時、それを捨てて一日を始める。あるいは、必要な人がいれば寄付する。

DAY

18

1分間、鐘の音に耳を傾ける

みんなに見下されていると勘違いしている人

私は、あなたの心が平穏になり、今より少し幸せになればと願い、その方法について執筆している。

でも、今日はあなたが読むと腹を立てるかもしれない話をしようかと思う。

大学生の頃、動物病院で実習した時のことだ。

犬によく発症する胃拡張捻転症候群という疾患がある。主に20kg以上の中・大型犬によく見られる。その名の通り、胃がくるっと捻れ、十二指腸への通路がふさがり、次第に膨れ上がる症状が特徴だ。

ある日、動物病院にこの症状で来院した珍島犬（韓国原産の犬種）がいた。呼吸まで苦しそうで緊迫した状況だった。緊急オペが必要な状況だった。でも飼い主と連絡がつかず、とりあえず応急処置をすることに決めた。

口からチューブを入れ、胃にぎっしり詰まったガスを抜く処置だった。

ところが、ある先生が口にチューブを押し込んだ瞬間、珍島犬は全力でその先生の手に噛みついたのだ。

状況をまだ把握できず、手を噛まれた先生は反射的に犬を蹴り飛ばした。

一瞬の出来事だった。


動物の考えをすべて知りようもないが、あの状況で珍島犬が人を噛んだ理由は明白だ。文字通り胃腸が捻れ、息も絶え絶えの苦痛な状態で、生命の危機を感じたからだ。だから呼吸が苦しくても、死力を尽くして抵抗したのだ。

他の先生が慌てて防ぎ、事件が一段落した後も、犬に噛まれた先生はなかなか怒りを鎮めることができず、しばらく息巻いていた。

「犬のくせに人を噛むか？」「人をみくびるな」「ああいう犬は絶対にしつけて、二度と噛みつかないようにしないとだめだ」などとずっと独りごちた。

その先生は犬に噛まれたという事実を、とてつもなく自尊心を傷つけられた出来事と捉えたのだ。

一般的には、噛まれる瞬間に腹は立ったとしても、すぐに状況を見極められる。仕方なく起こってしまった事故と受け入れるのだ。運転中に後ろから来る車が次々と接触事故を起こす時のように。

でも、被害者意識の強い人は、他人からすればたいしたことのないことも、自分が見下されたと勘違いしやすい。実際にこの先生は、普段から後輩や同僚たちに「俺を見下しただろ」と怒ることがよくあった。犬にも、後輩や先輩にも、道ですれちがう人々にも、自分を見下されたと思い込んでいるのだ。

ここで、いちばん苦痛を感じる人は誰だろうか？
もちろん「誰もが自分を見下している」と勘違いしている張本人だ。

二本目の矢を自分に放っていないか？

私は四年前、瞑想の先生と知り合った。

先生の言葉の中で、もっとも記憶に残っているのは、「正しく捉えることができないから苦しむ。正しく捉えることこそ幸せなんだ」だった。

どんなことが生じようと、歪曲することなくありのままに捉えられれば、苦しむことはなくなるとの意味だ。

とはいえ、世の中を曲げずに捉えることは、言うほど簡単ではない。

正しく捉えられない瞬間を矯正する方法はいくつかあるが、私がトライしたものは大きく分けると2種類。ひとつめは、認知行動治療、2つめは瞑想だ。

ひとつめの認知行動治療は、現代の心理治療法としてもっともよく知られたものだ。認知行動治療をわかりやすく言うと、歪曲された思考回路を矯正する治療法のことだ。

「犬に噛みつかれた」というのは確かな事実だ。

手から血が流れ、傷ができ、痛みを感じることも事実。そして事実はそこまで。

ところが、珍島犬に噛まれた先生は、「犬が俺をみくびった」と解釈する。

実際に誰かが自分をみくびったわけではないのに、自分はみくびられたと認知する習慣があるためだ。

また、同じ出来事なのに「どうしてこんなについてないんだ?」と身の上を嘆く。あるいは「だから嫌だって言ったのに、院長にやらされてこんな目に遭ったじゃないか。院長は危険なことばかり自分にさせて」と考えるかもしれない。

仏教ではこうした発想を「二本目の矢」と表現する。

自分に不可避的に生じた事件が一本目の矢とするなら、そこに不必要な見解を加えて自分を苦痛にさせることが、まさに二本目の矢なのだ。

自分が自ら的《まと》になることを申し出た形だ。

一本目の矢は避けられなくても、二本目の矢は私たちが認知行動治療を通して、あるいは修行すれば十分に回避できる。

カウンセリングを通して、自分がどうしてそんな認知習慣を身につけてしまったのかを認識できれば、それ以降は「犬が自分をみくびった」ではなく**「私がまたみくびられたと感じているぞ。これは自分に染みついた間違った思考習慣だ」**と見抜ける。**そう考えることができれば自然と腹を立てることも減る。**

カウンセラーは、当人がなぜそんな習慣を持ってしまったのかを分析し、自ら二本目の矢を受けている事実に気づかせるように導いてくれる。

どんなことが起きても、二本目、三本目の矢を放たず、出来事をただそのまま受け入れることができるようになれば、認知行動治療の効果が出てきたと考えられる。

起きてしまったことを拡大解釈しなくなってくると、人生はより軽く、シンプルになる。

ただ、認知行動治療は、時間を割いて病院に通わなくてはならず、その度に費用がかかるというデメリットがある。

思考ではなく感覚に集中

2つめに挙げた瞑想は、うるさい頭の中を静寂に導く訓練だ。

瞑想を通してあらゆる思考を鎮めることで自分の心の思考習慣もすぐにわかるようになるため、これも二本目の矢を防げる方法なのだ。

図書館での勉強を思い出してみてほしい。

周囲ががやがやしていると、勉強に集中できない。

これと同様に、私たち自身の心の中を集中して覗き込むためには、あらゆる思考、特に事実ではない、歪曲された認知習慣によって拡大解釈された思考を鎮めなければならない。

そんな時は、静かな場所で、ただ思い浮かぶ考えを静観してみてほしい。

数分でも、自分がどれほど無駄なことに心を遣い過ぎていたか、どれほど雑多な考えで自分を消耗させていたのか、改めて気づけるはずだ。


ありとあらゆる思考で埋め尽くされた心を落ち着かせるためには、ひとつのことに集中する練習をするのがいい。

ここで重要なことは、集中する対象が「思考」ではなく「感覚」でなくてはならないということ。

つまり、視覚、聴覚、触覚といった体の感覚のことだ。

今日は、この中で聴覚を利用した瞑想ルーティンを一緒にしてみたい。

聴覚を利用した瞑想のうち、いちばん有名なものは鐘の音を利用する瞑想法だ。

YouTubeで「シンギングボウル」と検索すれば、真鍮《しんちゅう》の器のような物を「チ

〜ン、チ〜ン」と軽く叩く動画が数限りなく出てくる。

最初はどれでもいいので気に入った動画をひとつ再生してみよう。


どうだろうか?

この音は思考を空にして感覚に集中するのにとてもいい刺激剤となってくれる。音自体に何の意味もないから、雑念に囚《とら》われることなく、無駄なくその音に集中させる力がある。これとは異なり、メロディがある音楽や歌詞がある曲は、旋律の美しさや歌詞の内容に心を奪われ、他の思考につながりやすい。

すると自分の思考や意見が思い浮かんでしまうため、瞑想本来の目的から逸れてしまう。

一方、鐘の音は意味がない中立的な音だ。また、「チ〜ン、チ〜ン」と繰り返し鳴るため、一瞬、どこかで集中力が途切れても、また鳴らされる音で瞑想に戻ることができる。鐘の音自体がまるでアラームのような役割を果たすのだ。

だから瞑想初心者には鐘の音瞑想を大いに勧めたい。


瞑想がいいという話はよく聞くけれど、なんとなくとっつきにくく、挑戦するに至らなかったり、集中力が弱く長時間瞑想する自信がなかったりするなら、今日、鐘の音を利用した瞑想で一日を始めてみるのはどうだろうか？

始めから長時間、窮屈な姿勢で座って瞑想に入る必要はない。

朝、起きたらすぐ、何も考えずにその場に座り、枕元にいつもあるスマートフォンで「シンギングボウル」を検索して再生すればいいだけだ。

DAY 18
1分間、鐘の音を聞く

1

☑ 前日、自分に合うシンギングボウル動画をひとつ選んでおく。

2

☑ 朝起きたらすぐにその場に座り、昨日選んだ動画を再生する。

3

☑ 1分間、シンギングボウルの音だけに精神を集中させる。鐘の音が「チ〜ン」と鳴る瞬間の無骨で重たい感覚、音がはっきり聞こえると思ったら次第に消えていく瞬間など、感覚に集中してみる。

4

☑ 軽くなった心で一日を始める。

＊始めは1分程度の瞑想を気軽に始め、だんだん集中する時間を増やす。何度か挑戦し、もし鐘の音が瞑想にいいと感じたら、シンギングボウルを購入してみてもいい。
録音された音とは異なり、音の振動が体に直《じか》に伝わるため、より様々な感覚で鐘の音を感じることができる。

DAY

19

大切だと考えていたことを想像上の渓流へ流す

一生懸命生きたところで何になる？

最近、韓国の若者たち「２０３０世代」の間で「神生《ガッセン》」という言葉が流行している。ｇｏｄ＋人生《インセン》の合成語だ。「神」は「よい」「かっこいい」という意味する接頭辞として使われる。意訳で一生懸命生きる人生、最善を尽くす人生という意味だ。

「神生」を目指す若者たちは、朝早起きして読書や勉強をし、経済的自由のために財テクの勉強にも驚くほど熱心だ。「無支出チャレンジ」をするために、お財布の紐をきつく結んで、極端にお金を貯める。１分１秒たりとも浪費せず走り続ける。

いい生活をするために。お金をたっぷり貯めるために。

お金を稼いで貯める計画は、かなり具体的だ。投資ポートフォリオをすらすら理解し、現在もっとも金利がいい預金商品を、大手銀行から貯蓄銀行まで網羅している。投資ＹｏｕＴｕｂｅｒチャンネルを見て学び、本を読んで勉強もする。

ところで、こうしてお金を貯めていても、叶えられる目的をきちんと把握している人はどれほどいるだろうか？

「一生懸命生きたところで何になる？」

「お金を稼いで、後々何をするつもり？」

と尋ねれば、多くの人が答えに窮する。

早く退職して、愛する人ともっと時間を共にし、一緒に旅行にも行って、職場のストレスから解放されて自由に生きたい、こう答える人がもっとも多い。

とはいえ、見逃せないことは、今この時間が自分を幸せにしていないという事実だ。

生産性が落ちたら、何かお困りのことでも？

私はこの本を通して、「後々、ではなく、今この瞬間」幸せになる方法について話をしたい。

なぜそんなに幸せについて悩むようになったかって？

それは私だって不幸だと感じていたから。

人生に満足していたら、こんな悩みは持たなかっただろう。

でも、私は苦労続きの日々を過ごしていたから、幸福になるために歯を食いしばって生きていた。私も多分に漏れず達成感を得て幸せを感じようとしていたのだ。

何かを成し遂げなければ、という思いから、すべきことが日々積み重なった。

それに伴い重要な仕事も増えていった。時間を分単位に刻んで使い、満足のいく結果を出せない日には自分を責めた。体調が悪い時に生産性が落ちるのを嫌い、ありとあらゆる栄養ドリンクに手を伸ばした。

それでも体調が回復しないと、ひどく落ち込んだ。

心も体も支えきれず、その日にすべきことをすべてこなせないと、心底腹が立った。

そうやって1分1秒を無駄にせずタイトなスケジュールをこなして生きていたら、とうとうバーンアウトしてしまったのだ。

精神科を訪れた時ですら、医者に泣いてこう訴えた。

「先生、今、とにかく無気力で、しなきゃいけないことを全部こなせないんです。だからとても腹が立つんです。生産性がすごく落ちてるので、どうにかしてください」

こんな私の言葉に、先生は、それは穏やかな声でこう言った。
「生産性が落ちたら、何かお困りのことでも？」

重要だと思い込んでいたことを手放す

それなら生産性のようなものに神経を遣わず「後で、ではなく、今この瞬間」幸せになる方法とは何だろうか？

私が会得したもののひとつは、重要だと思っていたことを捨てることだ。どうしてもしなくてはいけないこと、計画通りに進めないと大変なことになってしまうと思っていたことを、いくつか捨てても、私の人生はつぶれたりしない。むしろ不思議なほど、日常で徐々に余裕を持てると知った。

私たちにとって、重要に感じることが次第に増える、この理由は明白だ。何かが足りないと感じる状態に我慢ならないからだ。特に他人がみんな持っているものを自分が手にしていない場合、私たちは全力で手に入れようとかかる。少なくとも人並みにはならないといけないから。

これは、まさに成長中毒、達成感中毒の私たちの姿だ。

一刻もじっとしていられず、すべての時間に生産性を追求しているなら、もう中毒にかかった状態だと言える。

もしもあなたがこんな状態なら、まず自分が欠乏感を抱いているということを認めること。そこから始めないといけない。

何かが不足していると感じる時、それ自体に集中するのではなく、それがすごく不足していると思うあなた自身に焦点を当てるといい。

例を見てみよう。

・着る服がない。履く靴がない。↓私は物が足りないと思う人なんだ！
・時間があまりにも足りない。↓私はもっと多くの仕事をこなすべきだと思っているんだ！
・お金がない。↓私はいつもお金が足りないと思っているんだ！

・私の外見が気に入らない。↓私は外見が人並みではないと思っているんだ！
・人々はなぜ自分に関心を持たないんだろう？ ↓私は注目されたいと思っているんだ！
・他人は私よりずっといい生活をしているみたい。↓私は他人と自分を比較しているんだ！

このように、何かが欠けていると感じる度に、「あ～私はこれが足りないと思う人なんだ」と認識できれば成功だ。

認識できることは、自分を客観視できることと同義で、これさえできれば自分を変えられるのだ。認識できたら、その考えをそうっと手放してやればいい。

ただし、ここで手放すことと、その考えを無理に抑圧してしまうことを間違えないように注意してほしい。

たとえば、ある物を買いたい時、「私は物が足りていないと思う人なんだ！ でもその気持ちに負けてはだめ！ これを買ったら絶対にだめ！」と考えるのは、手放すことではなく、抑圧だ。

もしも抑圧してしまうようなら、いったん認識する時間を長めに持ってみよう。

「あ～私は物が足りていないと思う人なんだ。もっと多くの物を手に入れることを重要視しているのね。虚《むな》しい心を物で満たそうとしているんだ」

こう考えながら、その考えが去るのを静かに見送るのだ。

見送るということは、ぎゅっと握りしめていた手の力を少しずつ解いて、重要だと思っていたことを放してあげるという意味だ。

抑圧とは正反対の意味になる。

さあ、あなたが手にしている重い荷物を地面に置いてみるのはどうだろう？ きっと楽になるはずだ。

まさにそういう感覚の話だ。

この感覚を自ら体得すれば、物が足りなくて我慢することはなくなる。

あればあるがまま、足りなければ足りないなりに、その状態を受け入れるので、あまり気にならなくなる。

私は水が好きで、夏の日の山奥の渓流を想像する。

ざあざあ流れる清々しい渓流に、私が重要だと思っていたことをさっと流してしまうのだ。すると私が捨てたものはその渓流に吸い込まれ、遠く遠くに流れ落ちていく。

こんな想像をちょっとするだけでも、ずっと心軽やかに一日を始められる。

DAY 19
自分を縛る価値観を見直す

1

☑ 達成感のために重要だと考えていたことをひとつ思い浮かべる。

2

☑ それが何であれ「でも、それって本当はそんなに大事じゃないよ」と声に出してみる。

3

☑ その考えを引っ張り出してきて手放す。方法は簡単だ。頭の中で渓流を想像しながら、自分が手にぎゅっと掴んでいた重要なものを流して見送ればいい。

4

☑ 自分が捨てた物が渓流に飲まれて、清々しく遠ざかっていくのを見守る。

DAY

20

自分がもっとも恐れていることは何か考えてみる

自分でも知らなかった、心に抱く恐れ

私が30歳を過ぎ、一人暮らしを始めた頃のこと。

友人たちに言わせれば、自立したら、初めて手にした自分だけの空間作りに夢中になるとのことだ。でも私にはそんな心の余裕はなかった。

実家からトイレットペーパー1ロールまで持ってくるほど。生活必需品だけで生き延びた。別になくても生きていけるインテリア小物などには全く関心がなく、ただなければないものとして生きてきた。


ところが、こんな私にも、毎朝コーヒー一杯を飲む習慣があった。

問題は、引っ越した部屋には、電気ポットがなかったこと。

そこで私はコーヒー一杯を淹れるために、毎朝お鍋でお湯を沸かした。

コーヒーを淹れないといけないので、コップに熱いお湯を注ぐ必要があったのだが、

お鍋のお湯をコップに直接注ぐことはできないので、おたまで熱いお湯を掬ってコップに注ぐことを毎日繰り返さなければならなかった。

ある日、友達が私の部屋に遊びに来た。

コーヒーでも出そうと、いつものようにお鍋にお湯を沸かしていた。

すると友達が「ご飯でも作るの？」と訊くのだ。私がお鍋でお湯を沸かして、ぐつぐつ湧いたお湯をおたまですくい、コーヒーを淹れるのを見ると驚愕して言った。

「嘘でしょ、電気ポットひとつ買うのに3万ウォン（約3000円）もしないじゃない。お願いだから買ってよ。それぐらいは稼いでるでしょ？」

友達の苦言を耳に、私は内心こう思っていた。

「ケチなんかじゃなくて、物を買うのが面倒なだけなのに」

でもその後、専門家にカウンセリング治療を受ける過程で、なぜ私がこんなに物を買い渋るのか、その根本的な理由がわかったのだ。

それは驚くことに、私の心の奥底には「お金を使う行為」に対しての不快感があるからだった。

そしてその「不快さ」という殻の中には「恐れ」という実が入っているという事実。

私はお金を遣うこと自体に臆病なのだ。

それは有り金がだんだん減るということに対して抱く恐れだった。

恐れと向き合う練習をする

うちの母は、「お金がない」が口癖だった。

実際にお金がなかったのかもしれないが、習慣的な愚痴の方が多かった。

私がまだ幼い頃は、本当に貧しかったと記憶している。

しかし、次第に暮らし向きが良くなり、借金もなくなり、毎月相当額を貯蓄するほどになってからも、母はいつも「お金がない」とこぼしていた。いつもお金がないと愚痴を言い、家族のせいにする母をその度に恨めしく思っていた。


ところが、私も結局母と全く同じように、お金を遣うことを渋り、恐れていたのだ。

そのくせに、時々とんだところに八つ当たりするかのように、大枚をはたいてしまうこともあった。一年に1回も使わない物をどんと買ったり、普段しない贅沢をしたりもした。ハッと我に返ると、私は無駄遣いをした自分を責めて落ち込んだ。

その後、カウンセリング治療を受け、私が無意識に抱いているお金への恐れがあることに気づかされてからは、この恐れを注視し始めた。

お金を遣う度に感じる、とても小さな不快感も見逃さないように触覚を尖らせた。クレジットカードに「Ｓａｔｉ」と買いて貼りつけてみたこともある。「Ｓａｔｉ」とは、「気づき」という意味の仏教用語だ。自分の考えや心をじっと覗き見ることを表す。お金を遣う度に、心の動きを見つめようとする決意に近かった。

私は相変わらず、自分の収入に比べるとあまりお金を遣わない。

人より持ち物が少なく、物持ちがいいタイプだ。

昨日着ていた服を今日も着たり、古びたバッグを持ち歩いたりすることもへっちゃらだ。でも、絶対に必要なお金を遣うことに関しては、昔に比べてずっとその不快感はなくなった。過去には、遣わないといけないお金も使えず、辛い経験もした。堪えに堪えてとうとう支払った時は、お金を遣ってしまったという事実にまた苦しめられた。

もうそんな感情の浪費をしなくて済むと思うと今は気楽だ。

心の中に潜む恐れをありのままに見つめる練習は、私に変化をもたらしたのだ。

すべての根にあるのは、愛されたいと思う心

あなたは幸せになるために、自分にどんな贈り物をしているだろうか。

私の場合を例にとってみよう。

現代社会でお金を遣う行為は、日々どの瞬間にも起こっている、とても日常的なことだ。それなのに、お金を遣う度に小さな不快が繰り返されるのなら、私は穏やかな人生を歩む、すなわち幸せな人間とは言えないだろう。

こんな時、自分にしてあげられる贈り物は、不快感を取り除いてあげること。

寒ければ重ね着し、痛みがあれば病院へ行って治療を受けるように。

ある行動を取る時、なぜ不快感を抱くのか、その感情の正体をきちんと見つめることは、自分を幸せにする方法のひとつだ。

あなたにも心の奥底に隠れている恐れがあるはずだ。時間をかけて、その恐れが何なのか書き出してみよう。日常的に感じることでもいいし、普段から抱いていた感情について書いてもいい。では、今から私が恐れていることを一度並べてみたい。

・原稿が締め切りに間に合うか心配。
・本に関する悪評がつくのが怖い。
・夜食を食べたいけど、食べると太りそうで怖い。
・次の授業の内容が難しいんだけど、学生たちが退屈したらどうしよう。
・タクシーの運転手に、最初に伝えた目的地と違う場所に行ってほしいと頼んだんだけど、返事をしてくれない。気分を害した？　気まずい。
・雨が降って渋滞。ヘアサロンの予約時間に間に合わなかったらどうしよう。

心配にも似た恐れは、一瞬のうちにいくつも思い浮かんだ。

ここからは、この中からひとつだけ選んで、さらに当たりをつけてみたい。

恐れについて探究する私のやり方を参考にして、あなたにもぜひ実践してほしい。

たとえば、私は「本に関する悪評がつくのが怖い」というテーマについて考えてみよう。

この恐れについて、途切れることなく質問と答えを繰り返してみる。


悪評をつけられたとしても、何が怖い？

あなたがこの本を書いた理由は何？

この本を読む人たちが、どんなことを感じ、変化してくれたら嬉しい？

初めてこの本を書くと決めた時、どんな気持ちだった？

悪評をつける人もいれば、好評を書く人もきっといるのでは？

悪評を見たくないという理由で、この本を書くのをやめる気？


このような質問に対して、最大限、事実に基づいて答えようと努力するのだ。

「そんなことない、人々は私の本を気に入ってくれるはず」というように、何がなんでもポジティブな答えをする必要はない。

「悪評も、まあつくだろうけど別に構わない」というように、自分を欺く言葉をかける必要もない。

ただ、どうして自分がこんなに怖がっているのか、その発端を見つけようとする探求心があれば十分だ。

感情に流され中立的な答えが難しい場合には、しばらく離れ、瞑想でもしてみよう。

あるいはこのテーマについて考えるのをきっぱりやめても構わない。

でも、こう自問自答を繰り返していると、面白いことが起こる。

悩みが魔法のようになくなるかって？　残念ながらそうはいかない。

では、どんなことが起きるのだろうか？

私の持つ悩みや恐れは、たったひとつの根に起因していることに気づくのだ。

その根っこは「憎まれたくない」という心。

「私だって愛されたい」という心から生まれていると知るのだ。

動物病院で動物と飼い主に接する時も、大学で学生たちと接する時も、同僚の先生たちと話をする時も、友達や恋人に会う時も同じだ。気にかかることがあったり、なんだか必要以上に力が入ることがあったりする時は、心をじっくり見つめてみる。

その中には憎まれたくない気持ちがお化けみたいに入り込んでいるのがわかる。

不思議なことに、こうしていざ自分の心の実態を確認してみると、実際に恐れを抱く感情はずっと弱まる。

本当の肯定とは、ネガティブなことを抑えつけて、無理やりポジティブに考えることではない。

自分の中にあるネガティブな心をありのままに認めること、それが本当にポジティブな心を持たせるのだ。

今日は自分がいちばん恐れていることは何か、リストアップしてみよう。

そしてその恐れの実態を確認したら、朝、起きた時に自分に言葉をかけよう。

「あ〜○○さん！　あなたも好かれたい気持ちがあるのね。今日は私があなたを愛してあげるわ〜」と。

DAY 20
自分の恐れを認める

1

☑ 前日、自分がいちばん恐れていることは何か、考える時間を取る。

2

☑ なぜそんなに恐れるのか、または腹が立つのか、自分自身に問い続ける。

3

☑ 朝、起きたらすぐに自分に語りかける。
例
「すごく好かれたかったんだね～今日はうんと好きでいてあげるよ～」
「すごく怖かったんだね。そういう時もあるよ」
「すごく腹立たしかったんだね。そういうことだってあるよ」

DAY

21

同僚への冗談を
ひとつ作ってみる

人が何より怖い

獣医として働きながら、一日にだいたい20匹〜30匹の動物を診ている。

動物には必ず飼い主が同伴するので、日々20人以上の人と会っているわけだ。

人と接する仕事に就いている人なら誰でも同じだけれど、私も動物病院でありとあらゆる変わった人たちに出会う。中には面前で大声を出したり、泥酔状態で聞き取れない話をしたり、泣いてばかりの人もいる。

ある時など、自分のペットがかわいいあまり、顎に発疹が数個できた程度で入院させてくれと駄々をこねられ、仕方なく希望通りにしたこともある。

それにもかかわらず、その人はペットが入院している間ずっと、近くに車を停めて窓越しに病院の中を監視し、時々電話までかけてきた。

他の動物を処置していて、電話にすぐ出られないと、

「今、私は病院前にいるので、すべてお見通しなんですけどね。患者がそれほどいな

いこともわかるのに、なぜ電話に出ないんですか？　防犯カメラで確認しなくちゃ。私は新聞社の記者なので気をつけた方が良いですよ」

と脅迫してきた。

　こんなケースでは、「本当におかしな人ね」とやり過ごせればいいのだが、実際そうはいかないこともあった。


　数年前のこと。病院で簡単な診療を受けて帰ったある飼い主が、ポータルサイトに根拠のない悪評を執拗に書き残したのだ。動物病院で働いていると、こんな経験も珍しくはない。ただ、あの時はいつになく疲弊した。院長の対応が拍車をかけた。

　当時勤務していた病院の院長は、

「私だったら、飼い主宅の前に行き、土下座してでも『コメントを削除してほしい』と一日中お願いしただろうよ。まあ、もちろん先生にそうしろとは言いませんよ」

と言ったのだ。

　一日中、病院の職員みんなが深刻な面持ちで、ため息ばかりついていた。

　私は飼い主と飼い主の家族に電話をし、「すみませんでした。どうかコメントを削除してください」とお願いした。

その人は病院からの電話受信をブロックしたため、私個人の携帯で電話をかけた。あらゆる手を尽くし、そのコメントを削除しろという院長の命令があったからだ。院長は、毎日3〜4回ポータルサイトを確認し、そのコメントが削除されていないと、早急に処理するように圧をかけてきた。

私はこんな困難の末、ついにその悪評を削除できた。飼い主と最後に電話をした時、「生き方を考え直した方がいいですよ」という言葉を聞かされたが、私は「申し訳ありません」としか言えなかった。今まで恥ずべきことなく、堂々と生きてきたと思っていたのに、ガタガタと崩れ落ちた気がして無気力感だけが残った。

私はその流れで、この動物病院を辞めた。

それからは時々不安で過呼吸を起こすようになり、精神安定剤を処方されて飲むに至った。

苦しみを克服するユーモアの力

それ以降、私はしばらく休んでいた。あれこれ仕事を見つけては熱心に働いたけれど、本当のことを言うと、人が怖くて逃げていた。

そして時間は流れ、また別の動物病院で働くことになった。

そこは24時間営業なので、夜遅くまで働くこともあった。だからお酒に酔った人、困った人も大勢いた。ところがこの病院には、一風変わった文化があった。

なんと迷惑なお客に対応した先生をからかう文化だった。

ある日、飼い主が電話をかけてきて、猫が便秘で苦しんでいるから浣腸でもしてくれないかと言ってきた。私は診療した上で浣腸が必要な状況ならして差し上げますから、ご来院くださいと返事をした。

すると突然その人はカッとなって高圧的な態度を取り始めたのだ。

正確には思い出せないが、「あんた獣医なの？　浣腸は私のアイデアで、あんたが専門家なら、普通は思いつかないような代案を提示すべきでしょ！　私の言葉をそのまま繰り返すんじゃなくて！」といったようなことを言われた。

その人は、その後もしばらく暴言を吐き続けた。

翌日の午前に再び電話をかけてきて、私が学位を取っているのか、出身大学はどこなのかを訊いてきた。当然、低評価のレビューも残した。

電話で、あるいは面前で暴言をじっと聞かされるのは、いくら経験しても慣れはしない。でも今回は、同僚たちの対応が前の病院とは違っていた。

ある先生が私の話を聞いて、

「リュ先生、普通は思いつかない革新的な方法を提示して差し上げないとね。で、何をしてあげたんですか？　浣腸は本人のアイデアだって言うんだから。これからは、アイデアの著作権に注意してください」

とからかうように笑った。だから私も、

「本当ですね。まだ要領が掴めなくて、特別な代案を思いつくことができませんでした。ハハハ」

と一緒に笑った。

その場で会話を聞いていたみんなもひとしきり笑って、大変だったねとねぎらいの言葉をかけて慰めてくれた。

この出来事をきっかけに、私は同じように辛い経験をしても、冗談ひとつで笑い飛ばせれば、たいしたことではなくなると知った。

もちろん、その冗談の裏には、いつだって私に対する愛情と思いやりがあるから、一層そう感じられたのだろう。そのおかげかこの病院で働く間は、悪質なクレームや迷惑なお客のせいで辛いことがあっても引きずられることなく、すぐさま克服できた。「ユーモアセンスのない人は、スプリングのない馬車と同じだ」という言葉通り、ユーモアという緩衝材が私を守ってくれたのだ。

とはいえ、あらゆる状況で冗談が通用するわけではない。冗談にも共感力が必要だ。状況と脈絡に合う冗談を、誰も傷つけずに言わないといけないから。

もしみんなが笑っている時、たった一人でも笑えない人がいるなら、健全な冗談とは言えない。

だから、冗談を言う時は、その場所にいる全ての人を尊重する心が欠かせない。

さあ、やっと今日のルーティンの話だ。
今日は、会社の同僚、あるいは誰にでも言える軽い冗談をひとつ考えてから出勤してみるのはどうだろうか？

もちろんそう言える状況が訪れるかどうかはわからない。でも、冗談のひとつくらいポケットに入れて出勤するだけでも、心強く、楽しみな一日にできる。寒〜いオヤジギャグなんてどう？

帰宅して寝支度をし、横になった時に思い出せば、クスッと笑えるし、その話を友達にしながらまたクスッと笑えばいいのだ。

DAY 21
笑える冗談を考える

1

☑ 会社の同僚（友達、お客さんなど）の誰に冗談を言おうか考える。

2

☑ 誰かが思い浮かんだら、笑い飛ばせるような冗談を考える。

3

☑ その冗談を、ポケットに（さっと）入れて出勤する。

4

☑ 機会があれば、冗談を言う。機会がなければ、一人で思い出してクスッと笑えばいい。

5

☑ 冗談を言う相手が全く思いつかないなら、あなた自身に冗談を言ってみる。

DAY

22

鏡を見ながら目尻にシワができるくらい笑う

笑ったら本当に運が良くなる？

先日、友達の紹介で知り合いになった年上の女性がいる。

友達と三人で一緒に食事をする機会があった。年上の彼女は最近、四柱推命の勉強をしていると言って、ご飯を食べていたところ、突然私の運勢を見てくれた。

占いを全面的に信じているわけではないけれど、聞いてみるとだんだん白熱してきて、気になることをあれこれ訊いてみた。「どんな男性と付き合うのがいいですか？」という質問までしてしまった。

四柱推命の占い師は、たいてい「子年の男性と付き合うように」「四柱推命にこの文字がある人と付き合いなさい」といったことを言う。

ところが彼女は意外なアドバイスをしてくれた。

「それは四柱推命とは無関係よ。あなたをしょっちゅう笑顔にさせてくれる男性と付き合わなくちゃ。よく笑えば、もちろん運だって上がる。だから、あなたを笑わせてくれる人が、あなたの運気を良くする男性ってこと」

彼女の言うように、よく笑えば本当に運は良くなるのだろうか？

人間の笑顔には大きく分けて2種類あり、口だけ笑うのは偽りの笑み、目尻にシワが寄るほどに顔を歪めて笑うのは、本心からの笑顔である「デュシェンヌの笑顔」だとされている。

これに関連して、大学生たちの団体写真を分析した米国のある研究資料がある。学生の頃に撮った写真の中で「デュシェンヌの笑顔」をしていた学生は、50代を迎えても、さらに快活に、社交的になって、幸せな結婚生活を送っていたというのだ。

感情をコントロールしたいなら、体を利用する

「笑う表情を作れば、本当に幸せになる」というのは、よく聞く話だ。

このような身体面から精神面へのアプローチは、俳優が演技を学ぶ時にもよく使う方法だ。

私はもともとエネルギーがある方ではなく、おとなしい性格をしている。

それなのに陽気ではっちゃけた役を任された。本人がいくら体を大きく動かし大げさな演技をしようとしても、どこかぎこちない。無理に演技をする私は、まるで堂々としたふりをする小心者のように見えた。

こんな私は演技の先生に、セリフを言う前にいつも「ボックスジャンプ」を30回させられた。木箱の上に飛び乗ったら、すぐにまた降りることを繰り返すものだ。

体を大きく動かし呼吸が荒くなれば、私も知らず知らずのうちに、より力強く、堂々とし、陽気になるとのことだった。

では、「潔癖なのに、犯人扱いされて悔しい状況」を演技しようとするなら、どうすればいいだろうか?

悔しくてどうにかなりそうで、「濡れ衣を強く否定する役柄に」うまく感情移入できない時、演技の先生は他の俳優を二名つけてくれる。

二人の俳優が両側から腕を掴み、前へ踏み出せないようにするのだ。

すると真ん中にいる俳優は、いくら前に進もうと頑張ってもがくだけ。

それでも死力を尽くして前進しようと全力を出す。

こうして身動きできない状態を身体的に練習すれば、自然に悔しくてどうにもできない心にさせられる。


似たような例に韓国式の「お辞儀」がある。

多くの宗教でお辞儀は心の修行で重要な役目を果たしている。

韓国式のお辞儀は、自分の体を平たくして、地面へつけてへりくだる行為だ。

「私は成功している。他人から見下されてはならない、私はもっと多くのものを手にすべきだ」という心を捨て、謙虚な心を持てという意味が含まれている。

「謙虚でいないと」と決心してもうまくいかない時、体をまず床に近づければ、心も自然と低められる。

自分を低め、他人を高めることが、少し容易になるのだ。

気分のいい一日は笑うことから

気分が良くない時、私たちはどうにかして感情をコントロールしようとするが、簡単なことではない。自分がある状況に直面すると自然に影響を受けてしまうのが気分だからだ。あなたは気分を上げるために、どんな工夫をしているだろうか？

「ポジティブに考えてみよう」「ただ、全部忘れてしまえばいい」と冷静に座って考える。果たして、それがうまく機能したことはあるだろうか？

いくらマインドコントロールをしようとしても、言葉だけではうまくいかなかったはずだ。

では、気分転換のために体を動かした時のことを考えてみてほしい。

会話が弾む友達に会ったり、好きな場所に行ったり、運動で体を動かしたり。そんな時は気分が良くなった経験が多いはずだ。こんなふうにして気分を良くしたいなら、体から動かすのはかなり効果的だ。

無理やりにでも、笑う表情を作って気分を良くすることと同じ理屈だ。

だから今日は「わざと笑うこと」を提案する。
一人でいる時に笑ってみるのだ。

習慣的に笑顔を作れるならもっといい。なんの理由もなく何度も笑うのは大変だから、特定の場所や、いつもしていたルーティンの後にするようにすればよりいい。

笑うだけでなく、他の習慣を作る時にも有用な方法だ。

私は一人で運転中、道すがら笑顔を作るのが習慣になっている。

特に出勤時にはよく行う。他人に見られない場所ということもあって最適だ。

地下鉄の中や、公共の場所ですると、ちょっと危ない人のように見えるかもしれないので、一人で運転する時にするのだ。

こうして笑う練習をすれば、表情が自然になるので写真でも写りが良くなるというメリットもある。渋滞して気が焦る時、運転に飽きた時にすれば一石二鳥だ。

重要な発表や講義を前に緊張している時にも、表情と姿勢から整えると効果がある。

腰を伸ばし、肩を広げ、胸を若干張る。それから、自信を持って堂々とした微笑みを浮かべ登壇する。少々照れくさいけれど、短い時間内に素早く気分と態度を変えられる、私なりのコツだ。

笑うと苦痛も和らぐ。運動していて疲れた顔を面に出すと、コーチたちが「さあ、顔をこわばらせないで笑ってみてください」と言う。苦虫を噛み潰したような顔をすれば、もっと辛く感じるからだそうだ。

もちろん、気持ちが軽く楽でなければ微笑むことはできない。

でもその反対に、まず笑ってみると状況を少しでも軽く、楽にできるのも事実だ。

また、よく笑う人は、他のどんな刺激にも興味を持って反応できる傾向にある。

幼い子どもはよく笑い、よく泣く。つまらないとあまり感じず、どんな刺激も生きと新しいものとして受け入れられるからだ。笑ってはいけない、泣いてはいけないという社会的なプレッシャーから、大人よりずっと自由なのだ。

だからあなたも、笑うハードルを下げる練習をしてみてほしい。

何事もない時に笑えれば、ちょっとした出来事にも当然よく笑えるようになる。

自分の笑いボタンを探そう

ここまで来ると、「いくら笑おうとしたって笑えることがない場合はどうすればいいですか？」と質問する読者もいるだろう。

そういう人には、「笑いボタン」を探すように勧めたい。

誰にでも「笑いボタン」がひとつくらいはあるはずだ。

特定の話や、写真、映像のようなものを見ると、間違いなく笑みが込み上げてくることがある。このように笑いを誘うツールを私は「笑いボタン」と名付けている。

私にも笑いボタンがひとつある。それは大学生時代に撮った友達の変顔写真だ。

その友達は自分が落ち込んだ時、その写真を自分で見るのではなく私に見せた。

その写真を見れば、必ずと言っていいほど大笑いする私を見るのが面白くて仕方ないと言う。笑いは伝播力があるから、誰かの笑い声が自分にとっての笑いボタンとなることもあるのだ。

あなたも毎日顔をしかめる人より、笑う人に好感が持てるはずだ。特に自分に笑いかけてくれる人に対しては、私たちはお礼に何かいいものをあげたくなる。

砂糖水が出るボタンを繰り返し押すマウスのように、笑いという砂糖水を飲むと、何度でも笑いという砂糖水をもらいたくなるのだ。

子どもの笑う顔は両親の宝物となり、両親の笑う顔は子どもにとっても宝物となる。子犬でさえ飼い主の笑顔がわかると喜ぶ。そして動物は人の笑顔を真似るらしい。

自分に無関心な人の心を取り戻す時も、笑顔に勝るものはない。

知り合いの友達いわく、本人の合コン必勝戦略は、手を叩いて爆笑することだとか。合コンの場所で、相手の話に3回大笑いすれば、たいてい自分になびくというのが、その友達の持論だ。

さあ、今日はあなたの笑いのボタンを探してみよう。
朝起きたらすぐに、その笑いボタンを見ながら爆笑とともに一日を始めるのだ。
おそらく笑うことなく始まる一日と比べたら、ずいぶんと違った一日が広がるはずだ。

DAY 22
鏡を見ながら笑ってみる

1

☑ あなたの笑いボタンがあれば、それを探して洗面所の鏡に貼っておく。

2

☑ 朝起きて洗顔する前に、笑いボタンをじっと見る。

3

☑ 目尻にシワが寄るくらい大きく笑ってから、洗顔する。

DAY

23

いちばん辛いことを想像上の風船に吊るして飛ばす

息をするだけでも怒られそうな時間

他人からの評価に敏感な私にとって、いちばん辛いのは飼い主からのクレームだ。動物病院で働く時、診療以外にも気を遣うべきことは山ほどある。その中でもとにかく大変なのは、飼い主の信頼を得ることではないかと思う。クレームを回避しようと必要以上に親切な対応をし、低姿勢を貫いたこともある。にもかかわらず、私の仕事は、飼い主のひどい態度、クレーム、不信感を避けられない。

飼い主に暴言を吐かれた日は、仕事が引けてもしばらくそのことが頭から離れない。その飼い主が夢に登場することまである。

もともと考えや悩みが多く、辛いことをくよくよ考えてしまう性格だからだろう。そのせいか、獣医師一年目の時パニックを起こしたことがある。

先輩たちに数限りなく怒られ、怒られ、また怒られた時間。誇張ではなく、息を大きくするだけでも怒られそうな時間が、一日に多い時ではなんと15時間も続いた。

だからとにかく不安だった。

こんな環境でネガティブな感情に自分が圧倒されると、多くの人は、まさに「感情を押し殺すこと」を選択する。

私もほとんどの時間を、そうすることで生きてきた。退勤して騒々しい芸能番組をつけっぱなしにして、できれば今日あった辛い出来事を忘れてしまおうとしていた。

私のように、ネガティブな感情を自分の深い海底に投げ捨て、その海の方向へは視線を向けずに生きている人々は非常に多い。私の戦略は、辛ければ寝てしまうこと。幸いよく寝られる方なので、ネガティィブな考えを避けるためにも睡眠を利用した。

ところが、そうやって回避し続けても、結局は問題が発生する。私が直視しなかった感情は消えたのではなく、心のどこかに押しつぶされたまま、突き刺さっているからだ。

こうなってしまうと、似たような出来事が起こったら、押しつぶされていた感情があちこちでひょっこり頭をもたげてくるという副作用を起こすのだ。

感情日記を書く

以前、診療時に、手を傷つけたことがあった。

どうやってどのくらい切ってしまったのかわからない。

ただ、血が大量に流れたので、いったん急いでガーゼで傷口を押さえた。ガーゼをはがそうとすることも思いつかなかった。どれほど傷ついたのかを確認するのが怖かったからだ。ただ傷をしっかり押さえつけ、しばらくそのままでいた。


すでに傷ができて汚れているのに、痛いという理由でしっかり押さえたまま放っておいたらどうなるだろうか？

そう、膿んで腐ってしまう。

痛くても傷口を洗い、どんな傷なのかを見定め、毎日消毒しなければ傷は癒えない。

ネガティブな感情も同様だ。歯を食いしばって見て見ぬふりをしても、ポジティブ

に、幸せに生きることなど絶対にできない。

「いい感情」と「悪い感情」にラベルを貼って、「いい感情」だけ残そうと頑張ってしまうと、ゆくゆくもっと大きな副作用に苛まれるかもしれない。

だとすれば、どうすればいいのか？

まずしなければならないことは、傷口をよく見るように、悪い感情を細部まで見つめることだ。

どんな出来事があり、それが自分の心にどんな波紋を広げたのか、よく観察すること。そしてその感情を、そのまま受け入れることが必要なのだ。

こういう時に使えるもっとも役に立つツールが「アウトプット」だ。

自分の感情を外部に表出させることで、その実態を事細かに見てとり、しっかり共感できるからだ。

私の場合はノーション（Notion）というメモ機能アプリに感情日記を書く。

一日中あったことを時間の順序通りにずらっと書き並べ、その出来事が自分の心に起こした波紋を詳らかに記録するのだ。

以下は、私が以前書いた感情日記のくだりだ。

1．どうして友達の存在が私を苦しめ続けるのか、考えてみようと思った。
その時ふとこんな考えが浮かんだ。

「私がすごく変わり者だから、私をありのまま愛してくれる人に出会うなんて奇跡に近い」という命題を私はあまりにも強く信じすぎている。その考えが私の無意識にしっかりと居座り、ビクともせずに私の人生を支配している。

2．一日中、気分が優れず落ち込むから何もできずにいた。
とうとう運動に行く時間になった。それでも運動に行く気力は残っていたからマシだ。涙をやっとのことでぬぐった。それでもまた力が出なくなって運動できないと困るから、ぶどうを数粒口にした。

ジムに2分ほど遅れて到着した。最初にストレッチをするまでは、気分がぼろぼろだったけど、脇目も振らず体を動かし、今日のワークアウトをしたら気分がほぐれた。

3．パワースナッチを初めて習った。デッドリフトと、頭上に持ち上げる動作を行うのだけど、2つの動作を同時にしながら、ジャンプまでしようとするから、上半身と下半身を同時に動かすのが不慣れでぐらぐらしてしまった。

25ポンドのウェイトトレーニングもできなくて、塩ビパイプでワークアウトを行った。いつものレベルを限界まで下げて、最低難易度で行うと、プライドが傷つけられてふくれ面になる。でも無理して怪我するよりはいいと思った。

重量が軽いほど正確な動作を身につけることに集中できると思い直し、細かい動作に気を配った。ボックスジャンプオーバーは、苦しいが気分がよかった。

体を動かす際に仏頂面が顔に出ていたのか、終わってからコーチに

「パワースナッチは初めてやったから、不慣れなのは当たり前ですよ。他の人たちは何回かやったことがあって、やり方を知っているんです。初めはできないのが普通です。最後はうまくできたから、自信を持ってやれば大丈夫です」と言われた。

「間違ってなんかない。これが普通なんだ」という言葉が、私にはいつでも大きな慰めになる。思えば私は人と自分を比較して、人とは違う（あるいは他の人より

劣る）自分の姿を心底嫌っていたみたい。いずれにせよコーチの言葉で少し気分が晴れた。

「そうそう、最初はできなくても、時間が経つにつれだんだん上達するのを見る方が感動的じゃない？」と考えた。

その後、フォームローラーでストレッチを10分程度してから、ジムを後にした。

このように、出来事に順番通り番号を振り、感情日記を書くのだ。

ひたすら記録していると、面白い事実に気づかされる。

毎日似たような出来事に対し、同じようなネガティブな感情を抱くということだ。毎日新しい出来事が起こって、それが辛いと思っていたのに、実際にはそうではなかった。あるいは、新しい出来事が生じたとしても、いつも似たような感覚に陥る。

あなたは中学生の頃に学んだ方程式を覚えているだろうか？

y=2xのような式に、特定のx値を入れると、y値が算出される。

私たちの心の中にも、自分だけの方程式がある。

どんなことがあっても、ありのままを受け入れられず、自分が持つ方程式の値を通して歪曲し、解釈してしまうという意味だ。

感情日記を書くと、自分の心の中の方程式にどんな数式が入っているのか見分けられるようになる。

この数式を正確に把握するメリットは？

それは、この先同じようなことが起きても、今までより軽やかな気持ちで乗り越えられるということだ。

世にも不思議なマジックショーを見たと考えてみよう。

一見しただけでは、トリックがわからず、あまりにも不可解だ。ところが、手品師がどんなトリックを使ったのかネタばらしした途端に興味がなくなるのと同じだ。

私の心の中にある方程式がどんなルールで作動するのかを知れば、腹を立てていた出来事にも心穏やかに対応できる。

だから、今後、ネガティブな感情を抱く際は、自分の心の方程式の数式を知る絶好のチャンスだと思ってほしい。

肯定、言語化、手放すこと

さあ、それではもう一度整理してみよう。

まず、ネガティブな感情が湧いたら、そこから目を逸らさず、ありのままをしっかり受け止める。

「あれこれあって寂しかったのか、あれこれあって腹が立ったんだ」と自分の感情をそのまま肯定する。

ある状況で特定の感情を抱くのは、自分がだめ人間だからではない。

他人から見ればとてもささいなことでも、自分にとっては、怒りが爆発するくらいの大ごとかもしれない。

次に、自分が抱く感情を言語化する。

私のように感情日記を書いてもいいし、私の言葉に共感してくれる誰かに感情を吐露しても構わない。

できるなら「悲しかった。共感してもらえない気がして孤独だった。腹が立った。自分が憎らしかった。情けなかった……」など偽りなく感情を描写してアウトプットするのだ。

「ただ嫌な気分」「ただイライラした」といった曖昧な表現よりも、正確に自分の感情を説明できる単語がいい。

最初は自分の感情を的確に表現する単語を見つけることすら難しく感じられるかもしれない。暗い内面を覗き見ること自体、気乗りしないかもしれない。

それでも根気強く一文一文、感情を言語化するといい。

この時気をつけてほしいのは、なんのせいで、どんな感情を抱いても「自分はどうしてこんなつまらないことに腹を立てたんだろうか？」というように自分の感情を否定してはならないということ。

ただあるがままに受け入れてあげよう。

感情に善悪はないのだから。

十分に自分の感情を言葉で表現して噛み砕いたら、最後はもう手放す段階だ。

先述したように、手放すことと抑圧することは同じではない。**抑圧は、感情をよく知ろうともせず、ただ埋めて見ないふりをすることだ。**

痛くて泣いている子どもに、泣くようなことじゃない、泣くなと怒鳴りつけることと同じだ。それに対して、感情を手放してあげるということは、泣いている子どもの話をよく聞き、思いっきり泣けるようにし、気の済むまで泣いたらまた立ち上がれるように手助けしてあげることだ。

本書のＤＡＹ19では「重要だと考えていたこと」を渓谷に流す方法を記した。**今日は、自分の中にネガティブな感情を大きなヘリウム風船に吊るして飛ばしながら一日を始めてみよう。**

もちろん、１回飛ばしただけでは、あらゆる感情が鎮まることはないだろう。それなら、「肯定→言語化→手放すこと」という３ステップのプロセスを繰り返せばいいだけだ。

DAY 23
感情を言語化し、手放す

1

☑ 今夜、最近でいちばん気分を害した時のことを思い浮かべる。

2

☑ 感情日記を書きながら、どうして気分を害したのか、十分にアウトプットした上で自分の感情を受け入れる。

3

☑ 翌日の朝起きたら、その感情を想像上の風船に吊るして窓の外へ飛ばす。

DAY

24

自分に向けて「あなたが決めたことなら、うまくいく」と5回つぶやく

安定した道と不安定な道

安定した道と不安定な道。

私はこれまでの人生で、いつも後者を選択してきた。

成人してから、私が選択した道に安定した道や、大多数の人が選択する道はなかった。両親は、なぜあえて疲れる危なっかしい道を選んでいくのかと止めたほどだ。

みんなから「変わった性格だね。なんで自ら流れに逆らうの」「そんな生き方したら、ご両親はさぞご心配ね」という苦言も幾度となく聞かされてきた。

それでも、今も私は安定した職場やより稼げる道を選ばない。

出勤時間を最低限に減らし、残りの時間を執筆活動、演技、動画コンテンツ作成に充てている。

知人たちは、好きなことをひたすら追求する私に対して「確固たる自分があって、かっこいい」といった言葉をかけてくれる。

でも、恥ずかしながら、実際このような言葉を聞く裏側には、いつもおびえる自分がいる。この場を借りて告白すると、自分の選択を、確固たる「自信」で下したためしはない。

大学で一生安定した立場が保証された役職が手に余り、自ら辞退した時も、後悔しないかと数日徹夜で悩んだ。大胆にも、「私は、自分のしたいことをして生きるんだ」と決心し、辞表を提出した。学長と学科長の説得を何度も退け、最後に荷物をまとめ、研究室を後にした冬休みの最後の日が思い出される。

表向きは毅然としていたが、実際あの日に私が抱いた感情は、開放感でも無念でもなく「不安」だった。

後から今日この瞬間を心の底から後悔したらどうしよう？

そう思うと、キャンパス内からなかなか足を踏み出せなかった。

キャンパスには新学期が、春がもうそこまで来ていた。一方で、私にはいつ終わるかわからない、真っ暗で先の見えない冬が広がり、崖っぷちに立たされた気分だった。

不安だから人間なのだ

少し前に、画家キム・ファンギの展覧会へ行ってきた。

キム・ファンギは、韓国を代表する抽象画家で、彼の作品は韓国の美術品でも最高クラスの取引額が記録されるほどだ。

ところが活発に創作活動をしていた頃の彼は、甚だ生活苦に悩まされていた。ニューヨークで絵を描いていた時期には、節約のため新聞紙に絵を描いたという。美術館にはキム・ファンギの作品だけでなく、創作活動日誌も一緒に展示されていたのだが、その中から一節を紹介したいと思う。


春の間ずっと新聞紙に描いたものの中に、己を発見する。私の財産といえば、「自分」以外になかったが、日を増すごとに先の見えない苦労に襲われた。だが、もう、この「自分」は揺るがない。脇見をせず、自分の仕事を推し進めよう。その道しかない。この瞬間から、絶望的な思考は崩れ去り、実に希望に満ち溢れた。

生活苦に悩まされ、「自分の芸術は果たして正しいのか？」と自問しつつ、徐々に自分に確信が持てなくなる。いつまでこの仕事を続けられるのかさえも。けれど、そんな不透明な状況下でも、画家は自分を信じた。

自分を信じ、脇見をしないと決意した瞬間、絶望的な思考は消え去り、希望だけが残ったという。

このように自分へ向けた信頼ひとつで画家はついに韓国を代表する抽象画家になったのだ。画家の創作活動日誌を読みながら、妙に安堵感を覚えた。

私も自分がすることに、いつも確信が持てなかったから。

偉大な画家と私を比較するなどおこがましいけれど、このような偉大な芸術家でも数十年にわたり不安感に心を揺さぶられ、持ちこたえるために死力を尽くしたのか、そう考えると、私の不安など全く不思議なことではないんだと、誰かに言ってもらえたようにほっとしたのだ。

自分が主人公になる方法

私はもともと主体的でも、確固たる自信があるわけでもない。むしろ不安をものすごく抱える、神経質な人間だ。失敗を必要以上に恐れる完璧主義者でもあった。

何が怖かったかって？

どんなことにも正解がなく、何事にも確信が持てない不確実性に私は恐れを抱いていた。


教科書に書いてある通りに診断し、治療をしても回復する保証がない動物。

似通って見えても、動物によって多種多様な治療経過。

いくら頑張ってもうまくいく保証のない演技。

頑張ったところで実力がつくとも思えず、演技がうまいとは何なのか確信が持てないこと。

読者の役に立つかどうか、いや読者にきちんと届けられるかどうか、不安な執筆活動……。

でも、たとえ不安感におびえていようと、私が自分を信じ推し進めてきたことだけが、自分を成長させてくれたという点だけは間違いない。

仮に今携わることに失敗したとしても、誰も恨むことはないから。

誰かを恨むことなく失敗の原因のみ探れば、より多くの学びがあり、より大きく成長できる。

この世のすべては変化する。

過去には最高だと思われていた価値も、一瞬で崩れるケースなど数え切れない。

いっとき公務員が安定した職だともてはやされ、数百対一の競争率を誇っていた。ところが、いつの間にか人気がなくなり、史上最高数の公務員が他の職種に移ったとニュースで報じられた。

1秒も離れ離れでいられないほど好きだった恋人とも別れ、他人になる場合も少なくない。

磐石と信じていた優良株の株価が落ちる。

生涯、体を呈して働いてきた会社がつぶれる。


こんなに千変万化で不安な状況では、ひとつでも揺るがない基準が必要だ。

何に関しても確信が持てないのなら、まず自分自身を信じてみるのはどうだろうか？


永遠に自分のそばにいて、自分と一緒にあらゆる喜怒哀楽を感じる人。

それは、まさに自分自身。だからといって、周囲の人々からの助言にも耳を傾けずに頑固を貫け、という意味ではない。

人生で重要な決定を習慣のように他人に任せていないか、チェックしようということだ。


他人が進む安定した道、自分が選択した不安な道。

この2つの分岐点で、もし前者を選択して失敗したら（あるいは幸せになれなかったら）一生、他人を恨みながら生きることになる。

他人を恨むことは、自分を被害者にすることに他ならない。

だから後者を選択し、もし失敗に終わろうとも、自分が全責任を負うという勇気さえ持っていれば、一生自分が主人公でいられる人生を歩むことができる。

被害者意識を持って生きないように、自分が主人公として生きるために、今日は自分自身にパワーを送る魔法の呪文で一日を始めてみてほしい。

繰り返し口に出すことで、思いのほか大きな効果が期待できる。

DAY 24
不安と向き合い、自分を励ます

1

☑ 目を開けてすぐ、最近でいちばん不安だったことを思い浮かべる。

2

☑ 手で胸を軽く叩きながら、自分の名前を呼び、「あなたが決めたことなら、うまくいく」と5回言ってあげる。

DAY

25

息が上がるまでジャンピングジャックをする

一日中、一言も発しなかった日

先にも少し触れたが、教職に就いていた頃、私はあまりにも忙しくて、夜も週末も返上して仕事をしていた。特に二学期がいちばん忙しく、秋夕《チュソク》の連休中の二日以外は、週末もなく四ヶ月毎日出勤した。平日は、ほぼ残業だった。

一冊目の著書『人生をガラリと変える「帰宅後ルーティン」』では、退勤後、夜の時間の活用法を強く勧めた私だったのに、この時期は退勤して自宅に戻ると、少しだけ仮眠を取ってまた出勤しなければならない日々が続いた。

夜のルーティンどころか、夕食さえままならなかった。

私の提言を自分で実践することもできないなんて、とため息が出た。

さらに私は生計を立てるための仕事と、自分がしたいことを両立し続けてきた人間だったので、なおさら辛かった。

個人的な幸せを追求したい気持ちと、教育者としての責任感の狭間でさまよってい
た時期だ。一日中5坪ちょっとの研究室に閉じこもって文書を作成し、モニター画面
や本、論文と格闘していた。

すると、やや精神的におかしくなってくる気がした。
頭がぼうっとすることも多かった。
授業がある日は、それでも学生たちと話しながらエネルギーをもらい、やる気も出
たけれど、授業のない日はストレスが溜まりに溜まった。
個人研究室があったのは良かった一方で、一日中、誰かと話すこともなく、文書作
成とメールのやりとりだけの仕事をしていたら、エネルギーが枯渇し胸がざわざわす
る思いがした。
エネルギーが巡らず、停滞している感じだったといえば伝わるだろうか。

朝の運動はその日の気分を決める

こうして詰め込まれた日々と孤立した仕事環境で、息苦しさを感じていた私の救世主となってくれたもの。それが運動だ。

夕食を済ませ、1時間ほど密度の高い筋力トレーニングをしてから大学に戻って仕事をする。そう決めてジムの会員登録をした。

一日中椅子に座りっぱなしだった私が運動に行き、汗をだらだら流してみると、ようやく気分が晴れて息もできるようになった。筋力トレーニングを終え、夕焼けが見える窓辺でトレッドミルを走るのも爽快だった。運動の効果を肌で感じると、その後は運動タイムがなければ大学の運動場で走り、大学の裏にある山に少し登る習慣ができた。

運動が生活の一部になると、私はいつの間にか朝の運動も好きになっていた。

朝起きぬけは、頭がちょっとぼうっとするものの、体は休んで起きた直後だからエネルギーを発散するにはもってこいなのだ。運動をすれば、身も心も目覚める気がする。

また、朝の時間は一日の気分を決めるため、朝運動することでちょっとした達成感を味わえば、一日を勝利した気分にできる。

朝に水泳を始めた頃は、出勤後うとうとすることもあった。ところが、一ヶ月ほどが過ぎ、体が慣れてくる感じ、とでも言おうか。むしろ、運動ができずに出勤した日には、より疲れ、体が凝る感じがするくらいだった。

もう運動なしの生活は想像ができない。

もしあなたが運動とは相性がよくないと思うなら、相性が合うまで内容を変え続けてみてほしい。

運動には、自分にぴったり合うものがひとつくらいは必ずあるものだ。水泳でもピラティスでも、ウェイトトレーニングでも、ダンスでも。

自分に合うものをひとつ見つけられれば、だんだん「運動志向人間」に変身する自分に出会えるから。

人生の重みなど、なんてこともない

運動に憂うつ症の治療効果があるということは、すでに様々な研究を通して周知されている。ある資料によれば、運動は軽度および中等度の憂うつ症に、一次治療として推奨されている。しかも中等度および重度の憂うつ症では、二次補助治療として勧められているとのことだ（＊2）。

また、最近の医学界では、憂うつ症の治療に使用される最初の薬物ＳＳＲＩ系抗うつ薬の代替可能な方法として「汗を少しかく程度の運動」を認めているという。運動をすると、幸福ホルモンであるドーパミン、セロトニンが安定的に分泌されるからだ。

さらに最近では、成長の止まった（動物も含む）脳でも新しい神経が生成されるという研究結果が多く発表されている。この現象を「成人脳神経生成」（Adult neurogenesis）」

と呼ぶ。これは学習、感情、憂うつ、ストレスなどと深い関連があり、運動、特にランニングは脳で新たなニューロンを促進させながら、憂うつな感情を減少させるという(＊3)。

この他にも運動が憂うつ症の予防や治療になるという研究結果は、現在も続々と発表されている。

ネイバーのウェブ漫画『女性専用ジム、ツツジの花(原題『여성전용헬스장 진달래집』)』では、運動入門者の主人公がパーソナルトレーナーに出会い変化するストーリーが描かれている。

このウェブ漫画に私が大好きなセリフがある。

「ウェイトをうまく持ち上げられるようになれば、人生の重みなんて、なんてことなくなる」

という言葉だ。

私もコツコツ運動を続けながら、重くのしかかる心がだんだん軽くなる経験をしたので、このセリフが胸にぐっと染みたみたいだ。体に神経を集中させて汗をかけばかくほど心は軽くなり、生きた心地がする、そんな気分を実感できるから。

もちろん、運動をしても、実際に人生で抱える問題が解決するわけではない。運動をして、今月の家賃が捻出できるわけでもなく、明日締め切りの報告書が自然と書けるわけでもない。

それでも、人生で出会った、あるいは今後直面することになる数多くの問題とストレスを乗り越えられるだけの心の筋力は、瞑想と読書だけでは養えない。**体と心は表裏一体。体の筋肉と一緒に心の筋肉まで鍛錬するのがいい方法なのだ。**

そこで今日は、運動から始める朝のルーティンを紹介したい。

運動の種類は多岐にわたる。その中でもっとも費用がかからず、すぐに始められ、老若男女が分け隔てなく確実に効果を感じられるもの、それは「ジョギング」だ。ジョギングは瞑想よりずっと始めやすい。特に何かを習う必要もない。思い立ったら吉日、すぐに実行に移せるというメリットもある。

さあ、では朝起きて手軽にできるジョギングのようなものとは何だろう？

それは、「ジャンピングジャック」だ。

階下への音が気になる人は床にマットを敷き、「アームウォーキング」という動作をしてもいい。

アームウォーキングは、私が自宅で汗を流したい時によくする軽い運動だ。膝をついて腕を使って前に這っていき、また元の場所に戻る動作で、とても簡単な基本動作なので、インターネットで検索してぜひ試してほしい。

＊2 Ravindran AV, Balneaves LG, Faulkner G, Ortiz A, McIntosh D, Morehouse RL, et al.「Canadian network for mood and anxiety treatments (CANMAT) 2016 clinical guidelines for the management of adults with major depressive disorder: section 5. complementary and alternative medicine treatments」(『Can J Psychiatry』2016年61号P.576-P.587)

＊3 Laura Micheli, Manuela Ceccarelli, Giorgio D&Andrea, Felice Tirone,「Depression and adult neurogenesis: Positive effects of the antidepressant fluoxetine and of physical exercise」(『Brain Research Bulletin』2018年143号、P.181-193)

DAY 25
「ジャンピング・ジャック」をする

1

☑ 目を覚ましたら、軽いストレッチをする。

2

☑ 立ち上がってすぐに「ジャンピング・ジャック」を始める（できるだけ無心で行う）。

3

☑ 1分タイマーをかけるより、息が上がってもうこれ以上できないと思うまでトライする。

4

☑ 「ジャンピング・ジャック」に慣れてきたら、週末の朝には実際に外に出て「30分ジョギング」に挑戦してみる。

DAY

26

自分が毎日続けていることを褒める

なぜ自分への応援をもったいぶるのか？

私は5年前から、自己啓発、時間管理についてのコンテンツ、学習Ｖｌｏｇを地道に続けている。

私のＹｏｕＴｕｂｅチャンネルには、実践の難しさを感じている読者たちから、多くのコメントが寄せられる。

「私もハンビンさんのように、根気強く勉強したいのですが、いざ会社から帰ると、何もしたくなくて、スマートフォンを握りしめているうちに寝落ちしてしまいます」

「大きな決心をして始めても、三日坊主に終わります」

というふうに。

私はその度に、永遠に諦めさえしなければいいと励ます。

何かを変えなければと決心し、始めたことだけでも立派なこと。

もともといくら小さなことでも日々続けるのは困難なのだから、今このままでも十分偉いと応援しながら。

ただ、このように購読者たちには優しいフィードバックをしながらも、いざ自分のこととなると、応援をもったいぶることがしょっちゅうだ。

一日中、すべきことをできなければ自分を責め、やるべきことが全部片付いても、もっと集中できていたら、もっと多くを成し遂げられたかもしれないのに、と、自責し続ける。本業に加え、さらに多くのことを実に忙しくこなしていても、昨日より多くのことが今日達成できないと、残念で仕方ない。

浪費するタイプではないにしても、物を買ったり、一度でも高い食事をしたりすれば、お金を多く使ったと自己嫌悪に陥ることもあった。

自分にも他人にも優しい人になるには？

一般的に人間を二種類に分けて話すことがある。

「他人には厳しいが、自分には甘い人」と「他人には甘いが、自分には厳しい人」だ。

普通、前者のパターンは、非難の対象となる。

厳密に言うと、他人に厳しく自分に甘い人などいない。

他人に厳しいのは、厳しい評価の物差しを持っているという意味だ。


「痩せているのは良くて、太っているのは悪い」「勤勉なのは良くて、怠けるのは悪い」のように、「これは良く、あれは悪い、こうすべきで、ああすべきではない」という考え方は、いわゆる評価基準だ。

自分の中にこんな基準ができた瞬間、それを他人にだけ選んで適用するのは困難だ。


では、なぜ自分にだけ甘く見える人がいるのだろうか？

それは、自分の意識から基準を抹消してしまったからだ。

自分が作っておいた基準を、そのまま実践するのは難しいから「これくらいならいいだろう」と自分でも気づかぬうちに意識から消してしまったのだ。

ところが、内面では厳しい物差しを持ち続けているため、日々の生活においては無意識にいつもストレスを受けている。

つまり、自分を騙しながら生きているのだ。

そして、これと反対の状況も同じだ。

自分に厳しい人は、他人にも同じようにその物差しを当てながら、「あの人はこうだ、ああだ」と評価する。表向きには自分の考えを出していなくても、内心、どうしても他人を自分の基準で裁いてしまう。

この評価基準があまりにも確固不動だと、柔軟な思考ができなくなるデメリットがあり、他人に厳しすぎる物差しを当てれば、人間関係に問題が生じかねない。そして自分にあまりにも厳しくすると、自分がうまくいってもなかなか満足できないかもしれない。

だから自他共に厳しい人も自分の中にある基準を緩める必要があるのだ。

他人に対しても自分に対しても甘い人だけが、本当に寛大な人であり、いつも平穏でいられる。

自分にとって辛いなら、それは辛いこと

あなたは誰かに言われた何気ない一言に大きく癒やされたことはあるだろうか？　私のエピソードをひとつ紹介したい。

ある日、今勤務している動物病院の副院長に、なぜ前の職場を辞めたのか訊かれたことがある。とても辛かったのか、という言葉も一緒に添えて。

ところが私は突然のことで慌ててしまった。

「客観的に見たらそこまで苦しい仕事ではなかったんです。他の人もみんなその程度の仕事はこなしていましたし、私だけが異常に辛く感じてしまったようなんです」

とお茶を濁してしまった。しかし、副院長は

「人が辛いとか、辛くないとか、そんなことは関係ないんです。自分にとって辛ければ、それは辛いことなんですよ」

と言った。

この一言に、心が温まった。

私は自分自身にこんな言葉をかけられなかったからだ。

実際、前の職場での経験は、本当に辛かったことも幾度かあった。

でも、その度に否定しようと必死になった。

社会生活でこの程度の苦痛も乗り越えられないなら、あるいはここで自分が粘れないなら、競争社会で負け犬になってしまうと思い込んでいたようだ。


誰もが経験する試行錯誤、苦痛、人生の試練、人間として生まれた以上、日々繰り返さなければならないこと。

こんな平凡なことも決して楽なわけではない。

日々すべきことだから、慣れっこになっているだけ。

でもそこには膨大なエネルギーが必要だということ。

そんな大変なことを日々行っている自分自身を認めてあげる言葉を聞きたかったんだ、と改めて気づかされた。

私も幼い頃は、素敵な大人を夢見ていた。

人とは違う仕事を成し遂げる特別な人になるのだと誓った。けれど、実際は、大人になって平凡に生きることすら、決して簡単なことではないと思い知った。

だから今日は当然のように忘れていた大切なこと、すなわち自分の日常、その中で自分がしていることがどれほど偉いことなのか、再確認しながら一日を始めてみるのはどうだろうか。

「今日は昨日よりもっと頑張ろう。もっと成果を出そう」という言葉をかけたいのではない。

平穏な日常を維持するだけでも、あなたは偉大な一日を過ごしているのだと言いたいのだ。

日々、自分なりに地道に続けていることをノートに書き出してみてほしい。

例を挙げてみよう。

会社、学校に通うこと。
痩せたり太ったりすることなく、似たような体重をキープしていること。

子育て、あるいはペットの世話すること。
お金を稼ぎ、その限度内で貯蓄すること。
家、バッグ、財布などを日々清潔に保つこと。
毎週、教会（またはお寺等）に通うこと。
自分が食べていくことに困らないようにすること。

毎日欠かさず息を吸うのと同じようにしていることで、取り立てて言うまでもないことだと思うだろう。

でもよく考えてみれば、毎日エネルギーをたっぷり消費することばかりだ。

あなたは、日々どんなすごいことを当然のように成し遂げているだろうか？

今朝は、生きていくためにパワーを使っている自分自身を褒めることで一日を始めよう。

DAY 26
毎日の頑張りを褒めてあげる

1

- ☑ 出勤して業務を始める前、ちょっとノートとペンを取り出す。

2

- ☑ 毎日自分がこなすことを思いつくままにリストアップしよう。

3

- ☑ 当然のことでも地道にやっていることは偉いと言葉をかけながら、一日を始める。

DAY

27

一年前の自分の姿と今日の自分を比較する

日々行えば、誰でも上達する

獣医1年生の頃の最大の悩みは、動物の静脈を探すことだったのではないかと思う。血液検査のために採血する時や、輸液や静脈注射をするためにも、静脈から探さなければならないからだ。獣医にとって静脈穿刺（中が空洞の細い針を体内に刺して体液を抜くこと）はもっとも基本的で身につけていなければならない技術だ。

そのために獣医1年生としては、当然、一日も早く静脈注射を習熟したい。それゆえ静脈注射をするチャンスが多いと噂のある動物病院でインターンをしたがる人もいる。

ところが、2年生になると、この悩みは意味のないことだと気づかされる。なぜかというと、どちらにせよ時間が経てば、誰にでもできるようになるものだから。

私にとっても、今では血管探しは、動物病院で起こりうるあらゆる仕事の中で、最もたやすいことだ。

限られた検査結果をもとに正確な診断を下すこと、飼い主の教育をしっかりすること、飼い主を安心させること、薬の副作用をしっかりコントロールしつつ、意図した治療効果を出すことなど。

こういうことの方が難しく、血管に針を刺すことなど本当に比較の対象にもならない。

なぜこんなに簡単になったのか？　それは、単に日々こなしてきたからだ。

静脈注射を打つことには特別なヒントもなく、【静脈注射をうまくできる方法　1 to 10】といったタイトルの動画を見るまでもない。

日々行っていれば、誰でもうまくできるようになるものだ。

自分がなぜ上達したのか、その理由もわからないほど、自然と上達する。だから隣で教えるにも限界がある。

でも多くの新米獣医は、挫折を味わう。一緒に仕事に就いた同僚の獣医はみんな上手なのに、自分はあまりうまくできない、と。

自転車を習うように、誰でも時間をかければうまくできるようになることなのに。

もちろん静脈を探すのとは違い、一定時間内に目標数値に達しないといけないこともある。特定の試験やデッドラインが決められた業務のようなものだ。

それでも一度考えてみてほしい。

私たちが日常で目標に掲げたものは、実際の試験とはかけ離れたものばかりだ。

そのようなことは、新米獣医が静脈注射の打ち方を会得するように、日々たゆまず行っていれば、慣れることができる。

すぐに諦めてしまうのは欲をかくから

競争社会に慣れてしまった私たちの脳は、すべてを試験のように見立ててしまう習慣がある。他人よりもっと早く、もっと上達しないと、社会で生き残れないという強迫観念が骨の髄まで染み込んでいるのだ。

うまくなりたいことは数えきれないほどあるのに、すぐ諦めてしまう原因は何なのか、ちょっと考えてみてほしい。

粘り強くないから？

動機付けがうまくできないから？

人と比較してできるだけ早く成果を挙げたいという欲がそうさせるのだと私は思う。

ダイエットを例にとってみよう。ダイエットに失敗するにも多くの理由がある。忙しくて運動する時間がない、ストレスが溜まると暴食する癖がある、甘い飲料水中毒で、など、様々な理由が挙げられるだろう。

でも、ダイエットを繰り返しているのに失敗する理由は、最短で最大限の減量をしたいという欲をかくからだ。

ＳＮＳでは一週間で４ｋｇ落ちたという話、いわゆる「急増急減（急な体重増加を急激に落とす）」コンテンツが大流行りだ。そのせいで、「あの人が週に４ｋｇも落とせたんだから、私も頑張ってダイエットしないと」と自然に思い込む。

このような急激なダイエットをしようとすれば、もちろん正常とは言えない超低カロリー食をキープせざるを得ない。

一日も欠かさず、倒れる寸前まで運動も続けないといけない。

でもこんな生活を長く続けられるはずもなく、目標達成前に挫折してしまうのだ。

目に見える成果を出した人々の話を基準にすれば、こんな失敗を繰り返す悪循環に陥る。

では、どうしたらいいのだろうか？

実際には、この質問にはこれぞと言える正解などない。

重要なのは、他人と比較せず、日々少しずつコツコツ「自分のペース」を探すしかない。

いくら実力のない獣医でも静脈注射を打ち続けていれば自ずと上達するように、いくら運動音痴の人でも最低「30分のジョギング」を継続すれば、肺活量は自然に増えていく。この時点でも、「マラソン大会に出場して上位を目指さないと」などと目標を立ててはいけない。

「毎日休まず30分だけ走ろう」と自分のレベルに合わせた目標を掲げるのだ。

30分が難しければ15分に減らしても構わない。

走ることが辛いなら、ウォーキングに変えても問題ない。

そうやって少しずつ、自分の体が運動に慣れ親しんできたら、少しずつ時間を増やす方向に持っていけばいいだけだ。

よく知られているように、成長は屈曲のない上昇曲線ではない。成長と停滞を繰り返しながら、ゆっくりとステップアップするというのが定説だ。一日30分のジョギングを50分に増やしたのに、日によってはそれに満たないこともあるかもしれない。しばらくコツコツ続けても、停滞したような感じを受ける日の方が多いかもしれない。

他人とは比較せず、競争の結果や目標に関して考えず、自分のペースで今日やるべきことをこなすこと。この方がためになる場合が圧倒的に多い。

いつの間にか変化した習慣で生きてきて、振り返ればガラッと変わった自分の姿に「おお、いつの間にこんなに変わったんだろう?」と振り返ることができる。

これこそが真の成長した姿だ。

他人と比較せず昨日の自分の姿と比較しよう

残念ながら、比較することにあまりにも慣れ過ぎている私たち。とはいえ、社会的動物だから、誰かの姿を原動力にして、目標を立てることは自然な行動でもある。**だから今日、どうしても誰かと比較をしたいなら、一週間前、あるいは一年前の自分の姿と比較して一日を始めることを勧めたい。**

昨日の私の姿より、今日少しでも成長した点をひとつ見つけ出しながら、ポジティブな一日を始めるのだ。


ほんのささいなことでもいい。

たとえば、昨日まではテーブルにノートブックを置いて、猫背で文字を書いていた私。でも今日はノートブックスタンドを使ってモニター画面の高さを上げて文字を書くと、頭を下げることなく首の後ろもすっかり快適になった。

頭を上げることで、肩が開き、姿勢が正された。

なんだか仕事もはかどる気がする。

一ケ月後に「正しい姿勢で書く大会」に出るわけではないから、昨日より今日、少しよくなっただけで十分満足だ。


あなたも今朝は、昨日、あるいは一年前の自分の姿と今の自分の姿を比較してみよう。比較してみると、ずっと成長した自分の姿を、あれこれ発見できるはずだ。

前よりも良くなった、より成熟した自分へ、惜しみない拍手を送りながら、一日を過ごしてみよう。

DAY 27
自分の成長を評価する

1

- ☑ 他人と比較する気持ちを断ち、一年前の自分の姿と今日の自分の姿を比較してみる。

2

- ☑ 以前より改善された点があれば、書き出す。

3

- ☑ より成熟した自分自身に拍手を送りながら一日を始める。

DAY

28

誰かにかける温かい一言を準備する

自分の原動力は何？

先日、獣医のボランティア活動をしてきた。違法の子犬繁殖場から保護された子犬たちに避妊手術をする仕事だった。１００匹あまりのメスの子犬を手術した。

私は麻酔回復チームで手術を終えた子犬たちを引き取り、麻酔から完全に目覚めるまで見守る仕事だった。

麻酔から回復するまでにかかる時間には個体差がある。短ければ10分、長ければ6時間。子犬が目覚める前に鎮痛剤と麻酔覚醒薬を注射し、心拍数と呼吸の回数、体温をモニタリングする。心拍数が低下する動物には応急処置で薬を注射することもある。

麻酔をした動物は目覚めたら暴れる恐れがあるため、テーブル上に乗せておくことはできず、床に使い捨てシートを広げて寝かせておく必要があった。

そのため回復チームの獣医たちはしゃがんだ状態のあひる歩きで、行ったり来たりしながら看護する他はなかった。

朝9時半に始まったボランティア活動は、きっかり夜9時に終わった。

途中、トイレに行く時間と15分あまりの食事時間を除けば、全く休む暇はなかった。

私が今までしてきた肉体労働でもいちばんハードだったと断言できる。

10時間以上、体を伸ばすことができず膝と腰が痛んだ。

午後5時頃からは「もうどうでもいい。逃げ出しちゃおうか？」と考えるほどだった。平日、動物病院で働くこととは比べ物にならなかった。

もし、今の職場でこのハードさで労働を強いられたら、悪口でも並べ立ててすぐにでも辞めていたかもしれない。

でも、ボランティア活動に来た先生たちは、誰も不満のひとつも言わず、各自任された仕事を淡々とこなしていた。

原動力となるのはたったひとつ。

ペットショップで売られる子犬を産むだけの一生ではなく、これからは誰かの愛を受けるペットとして新たな犬生を歩んでもらいたいと願う心。

それがすべてだった。

自らやりたくて始めたことは、なぜ楽しいのか？

一銭ももらわず、みんなが全く同じような気持ちを持てたのはどうしてだろうか？皮肉なことに、一銭ももらわなかったからこそ、同じ心を持てたのではないかと思う。**「誰かにやらされて」あるいは「お金を稼ぐため」ではなく、純粋に「自発的に」始めたことは、それ自体で楽しめる。他のこととは比較できない達成感を得られるのだ。**

自らのモチベーションに関しては、『モチベーション3・0』（ダニエル・ピンク著・大前研一訳、講談社、2010年）にこのような一節がある。

つまり、報酬は行動に対して奇妙な作用を及ぼすのだ。興味深い仕事を、決まりきった退屈な仕事に変えてしまう。遊びを仕事に変えてしまう場合もある。よって、報酬により内発的動機づけが下がると、成果や想像性や、高潔なふるまいでさえも、まるでドミノ倒しのようになるおそれがある。

ダニエル・ピンクによると、好きだったことが報酬のための仕事になると、かえってやる気が削がれ、嫌々する仕事に変わってしまうという。

この主張は、昔からよく知られている「アメと鞭」の理論を覆す。

私にはダニエル・ピンクの理論が胸に響いた。

私も人に報酬などの外的要因によってやらされる仕事が嫌いで、自分がしたい仕事をしたいだけしながら生きているから。実際のところ勉強も、自分がしたい勉強は面白く、誰かに言われれば途端に興味を失うものだ。

私は大学生時代、成績が抜きん出てできる方ではなかった。

とりわけ試験勉強は辛くて仕方なかった。

ところが獣医になって自発的に取り組む勉強には非常に興味が持てた。

昼に診療をして気になることが出てくれば、勤務時間が過ぎても、一人で診療室に残って夜遅くまで本と論文をあれこれひっくり返して勉強した。

大学生の頃には試験嫌いだった私が獣医師になり、なんと勉強コンテンツで数万人の購読者のいるＹｏｕＴｕｂｅチャンネルを運営するにまで至ったのだ。

今思えば、試験勉強は私の興味やモチベーションとは無関係に、教授が指定した期日までに指定された範囲を勉強しなければならず、面白くなかったのだろう。成績という外的要素のために、仕方なく勉強しただけだったから。

でも、私が自主的に始めた勉強は、興味がかたちを成したものだった。

それが、まさにダニエル・ピンクの言わんとした、他人や報酬がもたらす外的動機と自分の中から湧き上がる内的動機の違いではないだろうか。

人からもらう温かみは消えない

2022年10月29日、梨泰院《イテウォン》で起きた雑踏事故で159名もの犠牲者が出た。韓国国民に本当に大きな衝撃を与えた。私もその一人だったから、あの事故の追悼行事にも参加した。

遺族のお気持ちはいかほどだろうか……。

こんなことを考えていたら、突然、とめどもなく涙が溢れ出した。

元いた場所に戻り、息を殺し泣いた。すると隣に座っていた人が静かに出ていく際、無言でティッシュを私の手に持たせてくれた。

たかがティッシュでも、その瞬間私の心は温かくなり、大きく慰められた。

世の中は危険で理不尽な悲劇が多く起こるが、人を慰めるものは、やはり人からもらう温かみなんだ、と感じた。

その人とて「誰かに言われて」ではなく「自発的に」あの場所に来て、さらに私に温かい心をくれたのだ。

びた一文も出さず、達成感を感じられること

あなたはどんなことを自発的にしているだろうか？

物質的な報酬や外部からの圧力ではなく、純粋に内面から溢れ出るモチベーションで行うこと。

誰かにとっては勉強、また他の誰かにとっては自分の仕事、または家族の面倒を見ることがそうなりえる。

物質的な報酬がなくても自発的に行って達成感を味わえることのうち、もっとも簡

単なことに、「他人を手助けすること」を勧めたい。

手助けといっても大げさに考えなくていい。

受け手が重荷に感じるほどの大きな助けは、かえって申し訳なさを植えつけることになってしまう。

また、お金をかけるような大掛かりな助けのことを言っているのでもない。

ただ、誰かが重い荷物を持って辛そうにしていたら、階段を上る時に一緒にその荷物を運んであげたり、共用の浄水器のタンクを交換したり、ゴミ出しの時に見かけた他の人のゴミも一緒に捨てたりする程度の助けで十分だ。

そうでなければ、誰かに心を込めて温かい一言をかけてあげるのもいい。

ただし、人助けをする際は、自分本位の目立ちたがり屋にならないように気をつけてほしい。親切な人になろうと、心にもない言葉をかけてもいけない。

今朝は誰かにかける温かい一言を準備してみよう。

友達、家族、会社の同僚など、あるいは見知らぬ人でもいい。

誰にでも温かい一言をかければ、その言葉を聞いている自分も心温まりながら、気分良く一日を過ごせるはずだ。

DAY 28
誰かに温かい言葉をかける

1

☑ 朝起きたらあなたが他人にかけたい「温かい一言」を考えてみる。
どんなにささやかな言葉でもいい。

例
「〜、いてくれてありがとう」
「〜さんのおかげで今日一日うまくいきました。ありがとうございます」

あなたがかけたい温かい言葉は?

2

☑ 今日中にチャンスがあれば、朝に考えておいた「温かい一言」をかけてみる。

DAY

29

自分だけのモーニング1分ルーティンを決めて実践する

今日は私ではなく、今この本を読んでいるあなただけの個性ある1分ルーティンについて話を聞きたい。

誰にでも、自分だけの世界や宇宙がある。

各自のストーリーがあり、その中には自分だけの血と汗、涙があるはずだ。

地球上に80億人いれば、80億通りのストーリーがある。

今日はあなた自身にぴったりの、あるいは必要なルーティンを自分で構成して実践してみよう。人に変だと悪口を言われようとお構い無しで。

自分を幸福にし、より生き生きとさせてくれるルーティンなら、誰がなんと言おうと問題ない。

さあ、では本当に自分だけの1分ルーティンで一日を始めてみようか？

DAY29
自分のルーティンを作る

1

- ☑ 他の誰のものでもない、あなたの個性を込めた朝のルーティンを作ってみる。

2

- ☑ 朝起きぬけに世界で唯一無二のあなたのルーティンを実践する。

3

- ☑ 創意溢れる自分自身を立派だと思いながら、一日を始める。

DAY

30

決心さえできれば やり遂げられる自分を 惜しみなく褒め称える

盛大に祝えば、小さなことも偉大なことになる

さあ、あなたはもうこの本の最後の一日を読んでいる。おめでとう。

30日間毎日ひとつずつ実践してきた人も、実践したりスキップしたりした人もいるだろう。

また30ものルーティンを二ヶ月、あるいは三ヶ月かそれ以上にわたってゆっくり実践する人もきっといるはずだ。

実践せずに目だけで本を読み終えた人も、もちろんいるだろう。

ひとつのルーティンを選び、一ヶ月ずっと試してみても、30個のルーティンをきちんと一ヶ月試してみても、どんな方法でも構わない。

この本の最後の章に辿り着いたあなたを心から歓迎する。

今日は、このゴールテープを切るあなた自身に、お祝いのメッセージを届けよう。

私の家族は、誕生日に必ずバースデーケーキとワカメスープを準備する。めでたいことは盛大に祝うと、もっと幸せになり運が良くなると信じているからだろう。また、韓国では「誕生日にワカメを食べると、徳のある人になれる」という言い伝えがあるからかもしれない。

喜びは、主観的なものでいい。
嬉しいことがなければ、喜ぶのは大変だけれど、ささやかなことを大きく膨らませて喜ぶことは、比較的簡単なこと。

私は大学卒業後、数回転職した。獣医の場合、他の職種に比べて転職するのが楽な方だからという事情もある。私にとっては、退職してまた面接を受け、再就職するのは、特別なことではないとはいえ、それでも必ず転職を記念する。給料日には美味しいご飯を食べながら、ささやかでも自分を祝う時間を持つ。

そして周りの人にもいいことがあると、いつも大げさに祝う。祝福された人は、時々申し訳なさそうにこう言う。

「それほどのことじゃないから……」と照れるのだ。

その度に「そんなことないよ。いくら小さなことだって盛大に祝えば偉大なことになるんだから」と私は言っている。

すると、最初は恥ずかしそうにしていても、すぐにその雰囲気を楽しんでくれる。

心の中にいる幼い子どもを大いに褒めよう

完璧主義者たちは、自分が成し遂げたことを過小評価し続ける。


「誰だってやってることなんだから」

「締め切りをやっとのことで守っただけ」

「運が良かっただけ」

「毎月もらうのは雀の涙ほどのお給料なんだから……」

とつぶやきながら。

ところが、うまくいった、うまくいかなかった、これは、完全に気持ち次第でどうにでもなる。

同じことをやり遂げても自分が「うまくいかなかった」とレッテルを貼ればうまくいかなかったことになるし、「うまくいった」とすれば、うまくいったことになる。

子どもたちは「よくやった」と言われればもっと頑張りたがり、「よくできなかった」と指摘されると、ムスッとした顔をする。

あなたの心の中にも小さい子どもが住み着いているのを忘れないでほしい。

いずれにせよ、何か記念に値する小さなことが生じたら、惜しみなく自分を褒め称えよう。

心根の優しい子ども一人を育てると思えば想像しやすい。

小さい目標でも達成できた時、自分に美味しい食事をご馳走してあげよう。

買いたかったのに、買いそびれていた何かがあれば、自分へのご褒美に絶好のチャンスだ。

「自分がそんなものを受け取る資格がある？」と疑問を抱かないように。そう扱ってしまえば自分はそれなりの人になり、それだけの価値に成り下がってしまうから。

あらゆることをどう捉えようと、喜びに関してはどう信じようと勝手なのだ。

多くの心理学者が共通して重要だと唱えることは、まさに「現在のポジティブな感情を心ゆくまで味わうこと」だという。

肯定できないものを無理やり作り出すのではなく、気分がいい時、その状態を十分に味わい、現在にしっかり留まることだ。

あなたは本当に素敵な人

私は今、この本の最後の章を書いている。

執筆し終えたら、脱稿記念パーティをするつもりだ。

あなたも、30のルーティンの中でたったひとつでも自分の日常で実行に移し、変化した自分を感じられたなら、十分に自分を祝福してほしい。

そして周りの人にも自慢して祝ってもらおう。

楽しめることは、思いっきり満喫しないといけない。うまく楽しめる人には、また別の楽しみが訪れるから。


うまくいったことを、ひけらかして回れば嫌われるからと、わざと隠す人たちがいる。自分がうまくいったことを自慢しても「感じが悪い」と言われたくないなら、普段から他の人がうまくいった時に、心から喜び祝ってあげればいい。

他人をよく祝う人は、自分が祝われる時も心から感謝し、祝ってもらえる人になる。

他人がうまくいった時に嫉妬しなければ、自分がうまくいった時にも嫉妬しない友達がそばにいてくれるはずだ。


今日は30日間ルーティンを実行した自分自身を盛大に祝いながら、一日を始めよう。

この本を最後まで読破したあなたは、本当に素敵な人。

あなたは何事でも、心さえ決めれば成し遂げられる人間だ。

DAY 30
自分を祝うパーティーをする

1

- ☑ 朝起きたら「あなたは何でも決心さえすればやり遂げられる人！ 本当に素敵な人！」と自分に語りかける。

2

- ☑ 今日は一日、自分に小さいプレゼントをしたり、美味しい物をご馳走する。

3

- ☑ 「自祝」パーティの写真を撮り、SNSにアップしたり、親しい友人にシェアしたりする。

おわりに

エネルギーの方向を変えるだけで、日常は変わる

「他の人はみんな普通にやっているのに、なんで『あなた』だけ変わったことをしているの？」という文言の『あなた』の担当だった私。

みんながやっている簡単なことひとつこなすにも、とにかく辛かったので、どうにかして生き延びようと方法を探ってきた。

この本は、そのプロセスについて書いた孤軍奮闘記。

適性が合わずに大変な思いをしても、「大人なんだから、社会人なんだから、みんな

も同じだから、もともと社会は世知辛いんだから……」という言葉に泣きながら耐えてきた。

そんな私が「本当にこれって正しい？　もう少し楽しめる方法があるんじゃない？」と新たな方法を模索していたら、人生が少しずつ変わり始めたのだ。

ひたすら耐えることにエネルギーを使うのではなく、変化することにエネルギーを使った結果だった。

このように、エネルギーの方向性を変えただけで、私の日常は１８０度変わった。私が挑戦したあらゆる方法を読者のみなさんのうち誰か一人でもチャレンジして、日常に小さな変化が生まれたら、何よりも嬉しい。

特に優れたところがあるわけではない私に、生まれつきのものがあるとしたら、それは良い両親に恵まれたことだ。

辛かった話を中心に書いたので、家族に関しては傷を負った出来事ばかりが並んだけれど、実際、私は両親にはお金では決してもらうことのできない「心の遺産」を受け継いでいる。

最悪の瞬間に直面しても、風が網を通り抜けるように毅然とした態度で耐え抜く両親を見ながら育った。深刻な状況でも、冗談ひとつ飛ばせる余裕を二人から学んだ。現実がままならなくても、勇気を失わず飛び込み、やりたいことを諦めない姿勢を、両親は私に身をもって教えてくれた。大人になってやっと、それがどれほど偉大なことなのかを知った。この場を借りて、両親に感謝の意を表したい。

他人に言われてすることより、自分が好きなことをしようと邁進している私ではあるけれど、ご存知の通り、いつも好きなことだけして生きるというのは容易ではない。私がいちばん好きなことである「創作」活動を可能にしてくれた読者のみなさんとＹｏｕＴｕｂｅ視聴者のみなさんに深く感謝している。これからも精進したい。

２０２４年４月　リュ・ハンビン

読者アンケート回答者限定！

『朝1分、人生を変える小さな習慣』30日間のモーニングルーティーン一覧表プレゼント！

アンケートにお答えいただいた方に、特別付録として、
本書『朝1分、人生を変える小さな習慣』でご紹介した
30個のモーニングルーティーン一覧表をプレゼントいたします。
使いやすいサイズに印刷いただき、
本書の振り返りや、習慣作りにお役立てください。

アンケートURL
https://forms.gle/AHy2aNEhA5fdUZ6d9

QRコードからもアクセス可能です

朝1分、人生を変える
小さな習慣

2025年1月15日　第1刷発行
2025年2月18日　第2刷発行

著者　リュ・ハンビン
訳者　小笠原藤子

本文デザイン　伊佐見尚可(文響社)
装丁デザイン　小口翔平＋畑中茜＋稲吉宏紀(tobufune)
本文DTP　有限会社天龍社
校正　株式会社ぷれす
編集　麻生麗子(文響社)

発行者　山本周嗣
発行所　株式会社文響社
ホームページ　https://bunkyosha.com
お問い合わせ　info@bunkyosha.com
印刷・製本　中央精版印刷株式会社

ISBN 978-4-86651-881-7

この本に関するご意見・ご感想をお寄せいただく場合は、郵送またはメール(info@bunkyosha.com)にてお送りください。